Gayle Tufts
Weihnacht at Tiffany's

Gayle Tufts

Weihnacht at Tiffany's

Mit Illustrationen
von Torsten Lemme, Berlin

ISBN 978-3-378-01092-5

Gustav Kiepenheuer ist eine Marke
der Aufbau Verlagsgruppe GmbH

1. Auflage 2007
© Aufbau Verlagsgruppe GmbH, Berlin 2007
Einbandgestaltung gold, Anke Fesel und Kai Dieterich
unter Verwendung einer modifizierten Illustration
von © Playboy Archive/Corbis
Druck und Binden Offizin Andersen Nexö, Leipzig
Printed in Germany

www.gustav-kiepenheuer-verlag.de

For my Father – he loved Christmas.

Intro: The show must go on

Als ich um achtzehn Uhr dreißig vor dem Schminkspiegel saß, bekam ich ein komisches Gefühl.

Es war der Premierenabend meiner kleinen, aber opulenten Weihnachtsrevue »White Christmas« im TIPI, einem riesigen Theaterzelt mitten im Berliner Tiergarten, direkt neben dem Kanzleramt. Premierenabende sind sowieso aufregend, aber Weihnachten im Zelt ist nervtötend. Alles sollte perfekt sein, alle mussten *gorgeous* aussehen und fabelhaft klingen – in einem Zelt. Ich wollte das Publikum in Weihnachtsstimmung bringen (was ein bisschen schwierig werden würde, da wir noch nicht einmal den ersten Advent hatten und es dank Altweibersommer oder Global Warming draußen angenehme einundzwanzig Grad warm war).

Ich saß in meinem elf Quadratmeter großen Umkleidecontainer zwischen vier halbnackten Tänzern, dem musikalischen Leiter, einer bügelnden Garderobiere, einem etwas besorgten Kostümbildner, einem etwas beschwipsten Komponisten, einem Labrador Retriever, einem Dackel und meinem Auf-dem-Sofa-sitzenden-Zeitung-lesenden-kein-Grund-zur-Panik-Mann Lutz, dem Produzenten. Ab und zu kam unser aufgewühlter Stage-Manager herein und informierte mich über den Zustand der Schneemaschine (»Ich glaube, sie funktioniert, aber ich bin mir nicht ganz

sicher …«). Ich fühlte mich wie Groucho Marx in »Die Marx Brothers auf hoher See«, wo Groucho einhundert Leute in seine kleine Schiffskabine stopft, bevor er mit einer Flasche Champagner und einer reichen Witwe fluchtartig das Schiff verlässt.

Aber es gab keinen Fluchtweg für mich. Sechshundert Premierengäste warteten gespannt auf »Weihnachten pur«, und alle hatten ihre ganz persönliche Vorstellung, wie das sein sollte. Bunt – aber nicht zu grell. Schrill – aber nicht zu laut. Heilig – aber um Gottes willen nicht zu religiös. Plötzlich spürte ich einen enormen, überwältigenden Druck: Ich wollte all diesen Leuten schenken, was sie sich so sehr wünschten und vielleicht noch nie bekommen hatten – das perfekte Weihnachten. Ich musste sechshundert Einzelfälle – verletzte, traumatisierte, hoffnungsvolle Einzelfälle – mit meinen Entertainerqualitäten therapieren: alte Enttäuschungen überwinden, Urängste mit Leichtigkeit auflösen und sämtliche Sehnsüchte erfüllen. Ich musste mich schleunigst verwandeln in eine heldenhafte Mischung aus Santa Claus, Nelson Mandela und Vera Int-Veen.

»Dreißig Minuten!«, schrie die Abendregie über das unheilvolle Gemurmel des Publikums hinweg, das durch die halboffene Garberobentür zu hören war. Als mein Visagist mit der Präzision eines Herzchirurgen zeigefingerlange Einzelwimpern auf meine Augenlider klebte, merkte ich, dass ich nicht mehr schlucken konnte. Ich hatte einen Kloß im Hals, so groß wie ein Basketball, und ich fing an zu schwitzen. »Das sind nur die Nerven«, sagte ein *toi, toi, toi* wünschender Kollege. Es fühlte sich mehr an wie Vogel-

grippe als wie Lampenfieber, aber egal: The show must go on.

Nach intensivem Beten, Umarmungen, einer Wochenration Aspirin, einer halben Flasche Meersalzlösung-Nasenspray und einer Tüte Salbeibonbons stand ich hinter der Bühne und zählte die Sekunden bis zu meinem Auftritt. Ich hörte den ersten Glockenklang meiner Musiker und wusste, dass es kein Zurück mehr gab: Weihnachten kam. Es würde nervtötend sein. Aber ich würde es lieben wie in jedem Jahr, weil ich wusste, trotz aller Verzweiflung, es würde bezaubernd.

Amerikanisches Weihnachten ohne Kitsch

Es fängt immer auf Rügen an. Ich weiß wirklich nicht, welche Moleküle es in dieser unschlagbaren Kombination aus Meeresluft, Kreidefelsen und Ostseedorsch sind, aber sie wirken immer inspirierend auf mich. Und sie lassen mich manchmal auf sehr interessante Ideen kommen.

Ich hatte Silvester mit Freunden auf Rügen verbracht. Wir blieben ein paar Tage länger, weil es so berauschend schön war – kalt und klar, mit einer leichten Prise Schnee, verstreut wie Puderzucker im Wald und am Strand. Caspar David Friedrich ließ grüßen. Am dritten Abend des neuen Jahres saß ich mit meinem lieben Freund Matthias und einer exzellenten Flasche Brunello vor dem Kamin in meinem Lieblingshotel. Wir sprachen über die gerade zu Ende gegangene Weihnachtszeit und verschiedene kulturelle Enttäuschungen, die wir erlebt hatten.

»Warum sind die Weihnachtsshows hier immer so fucking kitschig?«, fragte ich.

»Du bist die Amerikanerin, du solltest das wissen«, meinte Matthias und schenkte mir noch einen Schluck Wein ein.

»Quatsch«, sagte ich, schon beschwipst und viel zu laut, »das ist Hollywood Christmas, nicht echtes Christmas! Es müssen nicht immer der aufblasbare Schneemann und das plüschige Rentier und diese bimmelnden Glöckchen sein!

Bei uns in Massachusetts gab es immer einen wunderschönen echten Baum und leckeres Essen und wahnsinnig tolle Musik – es gibt amerikanisches Weihnachten ohne Kitsch!«

Der Barkeeper lachte. Der Mann an der Rezeption lachte. Matthias lachte so sehr, dass sein Brunello went up his nose. »Gayle, das musst du machen! Amerikanische Weihnachten ohne Kitsch! Das würde ich gern sehen!«

Ich hob mein Weinglas und sagte: »OK! I'll do it! Es wird eine Jingle-bells-freie Zone!« Es konnte doch nicht so schwer sein, eine gute Weihnachtsshow zu machen – oder?

Santa Claus kommt in die Stadt

Ich liebe Weihnachten! Besser gesagt: I love Christmas shows. Wie jedes amerikanische Kind der sechziger Jahre bin ich mit einer jährlichen Überdosis extravaganter, glamouröser TV-Specials aufgewachsen. Entertainer wie Judy Garland, Bing Crosby, Andy Williams oder Sonny & Cher luden uns zu sich nach Hause in ihre festlich dekorierten Fernsehstudio-Wohnzimmer ein, wo sie mit Orchester, Fernsehballett, Kinderchor und ihren eigenen Familien *the most wonderful time of the year* zelebrierten. (O. K. – die meisten Stars waren drogenabhängig oder Alkoholiker, frisch geschieden oder gerade aus dem Gefängnis entlassen, aber es war trotzdem schön.) Es wurde gesungen und getanzt, und es gab schicke Kostüme und viel Bühnenschnee – es war zauberhaft.

Das alles allerdings nach Deutschland zu importieren wird sehr kompliziert, denn es gibt wahnsinnig viele Unterschiede zwischen unseren Christmas-Kulturen. Ihr habt Schuhe vor der Tür, we have Strümpfe am Kamin. Bei uns gibt es rotnasige Rentiere, bei euch rotnasige Rentner.

Der Weihnachtsmann allein ist schon verwirrend genug. In Deutschland kommt der Nikolaus am 6. Dezember, in Amerika kommt Santa Claus am 25. Dezember. In Deutschland ist er dünn, mit Stab, in Amiland, dank einer Coca-Cola-Werbekampagne von 1931, dick, mit Schlitten.

Schon als Kind war ich ein bisschen verwirrt, wenn ich an Santa Claus dachte. Es gibt das Lied »Santa Claus Is Coming To Town« mit den berühmten Zeilen »He sees you when you're sleeping, he knows when you're awake …« *Er sieht dich, wenn du schläfst, er weiß, wann du wach bist!* Als Kleinkind machte mich das total paranoid, und ich verbrachte lange Wochen in vorweihnachtlicher Panik! ER SIEHT DICH, WENN DU SCHLÄFST, ER WEISS, WANN DU WACH BIST!!! Santa war nicht mehr ein netter, kuscheliger Opa, er war plötzlich Dick Cheney! Böse und übermächtig und IMMER DA! Nacht für Nacht wälzte ich mich stundenlang in meinem Kinderbett hin und her: Terror, Horror, Panik – was hatte ich heute schon wieder falsch gemacht? Hatte Santa es gesehen? Was war schlimmer: dass ich mein Spielzeug nicht aufgeräumt hatte oder dass ich meinen Hund Igor während des Essens unter dem Tisch mit mei-nen grünen Bohnen gefüttert hatte? Ich fühlte mich ähnlich wie bei meiner ersten Beichte in Saint Colman's, unserer katholischen Kirche, als ich mir im absolut unschuldigen Alter von zehn Jahren unzweifelhaft skandalöse Sünden ausdachte *(»Äh … ich habe einmal auf die Straße gespuckt?«)*.

Ich fing an, ein kompliziertes Verhandlungssystem zu erfinden. Als amerikanisches Kind bin ich im Schatten von Nixon, Vietnam und Watergate aufgewachsen. Vielleicht war Santa auch käuflich, vielleicht könnte ich einen Deal mit ihm machen, eine Art festliche Bestechung. Ich würde versuchen, ihn mit Süßigkeiten zu korrumpieren, und alle Sünden würden mir vergeben!

Wie jedes amerikanische Kind, war ich bereits von Halloween an, also seit Ende Oktober, jede Nacht wach und santabereit, weil ich wusste, dass ganz, ganz bald Santa in seinem Schlitten auf unserem Dach landen würde und einen riesigen Sack voller toller Geschenke für mich hätte. Geschenke, die ich mir Monate vorher sorgfältig ausgedacht und auf einer langen ausführlichen Wunschliste notiert hatte mit sehr genauen Anmerkungen zu Größe, Farbe und Anzahl. Diese Liste hatte ich selbst an Santa geschickt – mit der megaspezifischen Adresse »Santa Claus, North Pole«. Bescherung war serious business, und ich wollte nichts dem Zufall überlassen.

Bei der Bescherung gibt es grundsätzliche Unterschiede zwischen unseren Weihnachtskulturen. In Deutschland passiert alles am Heiligen Abend, festlich und prächtig und übergeschmückt – ein Familienfest für Feinschmecker. Der Baum wird präsentiert, die Blockflöte wird gespielt, es ist besinnlich. Bei uns geht es ein bisschen robuster zu: Es beginnt am ersten Weihnachtsfeiertag, dem 25. Dezember – morgens. Denn jedes Kind in den USA ist schon um halb vier Uhr hellwach und schreit verzweifelt die Eltern an: »*Wake up! Wake up! Santa was here!*«, und jedes übermüdete Elternpaar stöhnt, noch halb im Tiefschlaf, mit einer Stimmlage irgendwo zwischen Tom Waits und dem Krümelmonster: »*Santa's late. Santa called. Santa said go back to bed.*«

Ich lag sowieso die ganze Nacht wach und lauschte nach dem Hufgetrappel von Santas fliegenden Rentieren auf dem

Dach, in der Hoffnung, Santa endlich einmal persönlich kennenzulernen und ihn begrüßen zu können *(»Merry Christmas, Santa! I love your work! By the way, ich habe da ein paar Sachen auf meiner Liste vergessen! Ich weiß, es ist spät, aber …«)*. Ich war doppelt müde, weil ich am Abend vorher versucht hatte, einen Begrüßungssnack für Santa vorzubereiten, eine Erfrischung für ihn und seine Rentiere auf ihrer anstrengenden Weltreise. Ich habe ihm jedes Jahr chocolate chip cookies und ein kaltes Glas Milch hingestellt, bis ich irgendwann auf dem leeren Teller in der Küche einen kleinen Zettel von Santa fand – interessanterweise in einer Schrift, die der meines Vaters täuschend ähnlich sah: »Danke für die cookies, doch nächstes Jahr hätte ich lieber ein Thunfisch-Sandwich und ein kaltes Bier."

Ich habe bis heute, soviel ich weiß, Santa nie persönlich kennengelernt, aber ich habe realisiert, was für ein Meisterwerk »Santa Claus Is Coming To Town« wirklich ist. 1934 von J. Fred Coots und Haven Gillespie in nur einer Viertelstunde in der New Yorker U-Bahn geschrieben, ist es ein Plädoyer für gutes Benehmen und eine Warnung für alle kurz vor den Winterferien durchdrehenden Knirpse. Ich höre gern Bruce Springsteens Liveaufnahme des Liedes von 1984, wenn ich ein starkes Mittel gegen Shoppingstress, Kapitalismusrausch und Feiertagswahnsinn brauche.

Das Holiday Songbook

Santa Claus Is Coming To Town

Oh! You better watch out,
You better not cry,
You better not pout,
I'm telling you why:
Santa Claus is coming to town!

He's making a list,
Checking it twice,
Gonna find out who's naughty or nice.
Santa Claus is coming to town!

He sees you when you're sleeping,
He knows when you're awake.
He knows if you've been bad or good,
So be good for goodness sake!

Oh! You better watch out,
You better not cry,
You better not pout,
I'm telling you why:
Santa Claus is coming to town!

*He! Pass lieber auf,
Heul nicht herum,
Gib das Schmollen auf,
Ich sag dir, warum:
Santa Claus kommt in unsere Stadt.*

*Er führt seine Liste
Und gibt genau acht,
Wer war'n die Braven, wer hat Unfug gemacht.
Santa Claus kommt in unsere Stadt.*

*Er sieht dich, wenn du schläfst,
Er weiß, wann du wach bist,
Er weiß, ob du böse oder nett warst.
Also bau um Himmels willen kein' Mist!*

*He! Pass lieber auf,
Heul nicht herum,
Gib das Schmollen auf,
Ich sag dir, warum:
Santa Claus kommt in unsere Stadt.*

Deko hilft immer

Um meine Santa-Claus-Paranoia (auch bekannt als Santanoia) zu überwinden, habe ich mich bei meiner Show konsequent gegen alles Knallrote oder Plüschige bei den Kostümen und im Bühnenbild entschieden. Auf meiner Suche nach einem kitschfreien Fest habe ich auch entschieden, dass bei mir Santa Claus would *not* be coming to town. Keine Santas, keine Rentiere, keine Schlitten auf der Bühne.

Stattdessen kreierte mein Bühnenbildner eine modische Wohnzimmer-Lounge mit dezenter 1966-Ski-Chalet-Ausstattung, cremefarbener Kaminoptik und einem weißen Weihnachtsbaum als Andenken an Andy Williams, den kalifornischen Roy Black, und an alle *Christmas Specials* meiner Kindheit.

Wir hatten nur vierundzwanzig Stunden, um das Theaterzelt in ein schönes, aber schlichtes Festtagsambiente zu versetzen. Vierundzwanzig Stunden für Ein- und Aufbau des Bühnenbildes, für Licht- und Toneinrichtung, Kostüm- und Presseprobe. Nur für die Generalprobe hatten wir noch einen halben Tag extra. In einem Stadttheater bekommt man dafür mindestens sieben Tage. Doch mit viel Kaffee, reichlich Lebkuchenherzen und zwei Bohrmaschinen hat mein Technikteam es geschafft.

Nach dem technischen Durchlauf kam dann Holger, der

Theaterleiter, und sagte: »Der Baum ist weiß, das geht nicht.«

»Aber die Show heißt *White* Christmas«, sagte ich.

»Es geht nicht. Außerdem ist das Bühnenbild beige, und das geht überhaupt nicht – es wird die Leute enttäuschen. Die Show sollte amerikanische Weihnachten zeigen, keine Ligne-Roset-Werbung.«

Rainer, mein Bühnenbildner, kochte vor Wut. Ich wusste, er wollte Holger am liebsten die Fresse polieren, aber Rainer ist ein sehr netter, höflicher norddeutscher Homosexueller und suchte lieber nach einer anderen Lösung. Der Countdown lief. Wir hatten wenig Zeit und kein Geld mehr. Als ich mitten in der Nacht, übermüdet und voller Sorgen, das Zelt verließ, blieben dort nur ausdruckslose Gesichter, leere Sprühschneedosen, Lebkuchenreste und viele ausgetrunkene Bierflaschen zurück. Bei Sonny und Cher hatte es nie so ausgesehen.

Als ich am nächsten Morgen wieder ins Zelt kam, über die Maßen schlafbedürftig, aber viel zu nervös, um mich ausruhen zu können, traute ich meinen Augen nicht. Santa Claus war da! Oder besser gesagt: Rainer war gekommen und hatte mit ein paar Minispiegelkugeln, Lichterketten, einem großen Teil der Weihnachts-Deko-Abteilung von Strauss Innovation und einer Heißklebepistole Wunder bewirkt. Mein Weihnachtswohnzimmer war da! Strahlend, aber stilvoll, mit allem, was man braucht, to get into the Christmas-Stimmung: Winterlandschaften (gemalt) hinter den Fenstern, Feuer (gemalt) im Kamin, mit Geschenken

(fake) unter dem Baum und echten, hübschen Mädchen, heißen Jungs und besinnlichem Beisammensein bis zum Abwinken! Es war plötzlich 1966, und wir waren in einer Fernsehshow!

Wir begannen den Soundcheck mit einem Lied von 1966 – dem volkstümlichen »We Need A Little Christmas« von Jerry Herman. Das Lied erzählt davon, dass wir eigentlich jederzeit ein bisschen Weihnachten gebrauchen könnten und dass die richtige Deko immer hilft.

We Need A Little Christmas

Haul out the Holly,
Put up the tree before my spirit falls again,
Hang up the Stockings,
I may be rushing things but deck the halls again now!

For we need a little Christmas right this very minute,
Candles in the window, Carols at the spinet,
Yes, we need a little Christmas right this very minute –

It hasn't snowed a single flurry,
But Santa dear we're in a hurry!

Climb down the chimney,
Turn on the brightest string of lights I've ever seen,
Slice up the Fruitcake,
It's time we hung some tinsel on that evergreen bough –

For we need a little Christmas right this very minute,
Candles in the window, Carols at the spinet,
Yes, we need a little Christmas right this very minute,
We need a little Christmas now!

For we need a little music,
Need a little laughter,
Need a little singing ringing through the rafter,
And we need a little snappy
»Happy ever after«,
Need a little Christmas now!

Gayles ultimative Christmas Top Ten: Outfits

Der entscheidende Grund, warum ich mich traute, eine Weihnachtsshow zu machen, war die Tatsache, dass ich den traumhaften Kostümbildner Stefan Reinberger getroffen hatte. Dank ihm konnte ich auf der Bühne die tollsten, maßgeschneiderten Kreationen tragen und musste mir während der gesamten Spielzeit keine Gedanken darüber machen, was ich zu den Festtagen anziehen sollte. Standen wir nicht alle am Nachmittag vor dem großen Fest mitten in einem gewaltigen Berg aus Klamotten, in Tränen aufgelöst und verzweifelt, und sagten heulend immer wieder den Satz ICH HABE NICHTS ANZUZIEHEN vor uns her? Das muss nicht mehr sein – hier ein paar Tipps, wie man in zehn Schritten zur sorgenlosen Christmas-Garderobe kommt:

1. Sei publikumsbewusst!

Es ist immer von Vorteil zu wissen, vor wem man auftritt. Ist der Anlass mehr Opernball oder Ballermann?

Für einen gehobenen Event ist Schulterfreies schön, Bauchfreies nicht.

2. Go retro

Ladylike, aber sexy. Nimm dir einfach Catherine Deneuve in Luis Buñuels Filmklassiker »Belle de jour« von 1967 zum Vorbild, und alles wird gut. Yves Saint-Laurent hat die Kostüme für die Geschichte einer frigiden Hausfrau, die tagsüber als Prostituierte arbeitet, entworfen und dafür eine sinnliche Zwiebeltechnik benutzt: erst eine Schicht Kaschmirmantel, dann eine Schicht Chiffonkleid und darunter eine Schicht Spitzen-BH und Strapse, dann Haut. Praktisch, erotisch, effektiv.

3. Alles Samt

Der Wunderstoff der Feiertage! Er stretcht, er schimmert, er macht Spaß. Alles sieht ein bisschen edler aus, alles fühlt sich ein bisschen angenehmer an. Samt kann einfach in den Koffer geschmissen werden, ohne dass man nach dem Auspacken endlos bügeln muss. Das spart Zeit und Nerven und wirkt immer feierlich. Perfekt für ausufernde, leckere Essorgien: Der Stoff ist flexibel, das Kleid passt nach wie vor.

4. Fishnets für immer!

Get in touch with your inneres Showgirl! Vom Chanel-Kostüm bis zur Burka wird alles aufgepeppt durch Fishnet-Strümpfe. Es gibt sie mittlerweile in allen Farben des Re-

genbogens und sogar in verschiedenen Maschenweiten. Wenn es draußen zu kalt ist, kann man sie mit einem Paar knallroter Strumpfhosen kombinieren zu einer festlichen Ho-Ho-Ho-Couture.

5. Sag nein zu Pelz

Wer keine Tierquälerei, jedoch viel Hollywood-Glamour will, trägt ein bisschen Fake-Fell und wird ein Star! Dank des industriellen Fortschritts gibt es genügend täuschend echte Hightech-Alternativen zu echtem Pelz. Fun-Fur ist billig, wirkt aber luxuriös. Und keine faulen Ausreden: Auch für den geerbten Pelzmantel der Großmutter wurden Tiere gequält! Nur Fun-Fur macht wirklich Spaß.

6. Accessoires bis zum Abwinken

Weihnachtszeit ist Schnäppchenzeit! Jeder Pimkie-, Orsay-, New-Yorker-, H&M- und Tchibo-Laden platzt fast vor Fake-Diamanten, Glitzerschmuck, superschrillen Perlenketten, Paillettentangas, Federboas, Tiaras und klitzekleinen Handtaschen, die fast nichts kosten. Kauf sie jetzt in Jahresvorratsmengen – man weiß nie, wann man die goldenen Satinhandschuhe oder den beleuchteten, mit Glöckchen bestickten BH gebrauchen könnte.

7. Schwarzfreie Zone

Ich weiß, ich weiß: Schwarz kombiniert sich mit allem und wirkt elegant und macht schlank, aber es ist DAS FEST DER LIEBE! Was ist mit Blutrot, Mitternachtsblau oder Smaragdgrün? Das kleine Schwarze braucht auch mal eine Pause – bis Silvester.

8. Glitzer! Glitzer! Glitzer!

Glam-Rock lebt! Bei einer Weihnachtsparty ist alles, was schimmert, funkelt und glitzert, erlaubt und erwünscht. Wir wollen Strass, Pailletten und mindestens drei Tonnen Swarovski-Steine sehen – überall! Auf der Kleidung, in den Haaren, im Schminktopf und auf der Bettwäsche. Jedes Partygirl, jeder Transvestit lässt die Holiday-Diva raus, und alle freuen sich riesig.

9. Wärme ist hot

Die Hersteller von Hustensäften, Nasenduschen und Antibiotika machen die Hälfte ihres Jahresumsatzes dank der Modeentscheidungen nordeuropäischer Frauen in der Weihnachtszeit. Glauben wir wirklich, dass unser letzter Saunagang vor drei Monaten uns so abgehärtet hat, dass wir unbeschwert durch den Schneematsch in unseren Open-toe-strappy-Sandalen kommen? Sicherlich ist die Rückenfreies-Minikleid-mit-Dekolleté-bis-zum-Bauch-

nabel-Nummer hübsch, aber wer möchte zu Silvester eine rotnasige Niesmaschine küssen? Eine Stola, ein Pashmina-Schal, a little Latex und am allerwichtigsten:

10. Stiefeletten!

Ob rote Lack-Domina-Stilettos, klassische Reitstiefel oder Schottenkaro-»Doc Martens« – nichts ist so sexy und tut so viel für dich wie die richtigen Stiefeletten. Elegant oder pragmatisch, gesund oder verführerisch, these boots are made for walking und noch viel, viel mehr.

O du fröhliche!

Ich bin immer wieder aufgeregt und sehr überrascht, dass ich, ein Brockton-Massachusetts-Mädel, deutschen Journalisten Interviews geben darf. Als Kind habe ich oft ein Spiel namens »Talkshow« in unserem Keller gespielt. Ich saß allein auf einem alten, staubigen Sofa und interviewte mich selbst. Ich wechselte immer meinen Sitzplatz und fragte mich: »Wie hat es alles angefangen?«, oder: »Wie ist es, in der Carnegie Hall zu singen?«, und antwortete mir dann sehr ausführlich, wortreich und stundenlang. Ich bin immer bereit für ein Interview.

Ich konnte nicht ahnen, was mich erwartete, als ich begann, Promotion für »White Christmas« zu machen. Ein Exekutionskommando, bestehend aus hochqualifizierten und bestens vorbereiteten Journalisten von Radio und Fernsehen, von Zeitungen und Zeitschriften, von *Frau im Spiegel* bis zur *Apotheken Umschau*, stellte immer wieder genau dieselbe Frage: »ABER DEUTSCHE WEIHNACHT IST ECHT SCHEISSE, ODER?«

Ich war schockiert. Hassen alle Deutschen Weihnachten? Hassen alle die Amerikaner? Denken alle, dass ich eine kabarettistische Verarschung der Feiertage machen möchte? Ich sagte sofort: *»Nein! Ich liebe Weihnachten! Und in Deutschland finde ich es wunderbar!«*

Sie unterbrachen mich sofort: »ABER DIE MUSIK …«

Plötzlich war alles klar. Tatsächlich haben wir die leichtere musikalische Variante. Während wir swingend »Frosty the Snowman« trällern, singt Deutschland »O du fröhliche«: ein wundervolles, aber nicht besonders fröhliches Lied – ich warte jedes Jahr wieder auf den Depeche-Mode-Grufti-Remix. Das deutsche Weihnachtsliedgut ist schwerer und kirchlicher, der sakrale Rotwein im Vergleich zu unserem Rosé-Pop-Prosecco (»Eine Muh, eine Mäh« ist eine Ausnahme).

Doch ist die klassische amerikanische Weihnachtsmusik keine hirnlose Klingeltonouvertüre aus Fa-la-la-la-las und Ho-Ho-Hos. Amerikanische »Christmas carols« sind eigentlich ein Best of American music. Berühmte und wichtige Komponisten wie Jerry Herman und Leroy Anderson, Mel Tormé und Louis Prima, Jule Styne und Irving Berlin haben Weihnachtslieder ohne Kitsch, dafür mit viel Leichtigkeit, Swing, Herz und Hoffnung und jeder Menge Magie kreiert. Viele der typisch amerikanischen Weihnachtslieder sind in den dreißiger und vierziger Jahren entstanden – nicht gerade die fröhlichste Periode der Weltgeschichte. Vielleicht ist diese Musik gerade deswegen so voller Harmonie und Leichtigkeit, weil wir genau das dringend gebraucht haben. Ich glaube, wir brauchen es immer noch – als Licht in dunklen Nächten.

Es war unglaublich schwierig, eine Auswahl für »White Christmas« zu treffen – wie bei einer Pralinenschachtel von Godiva oder der Fußballnationalelf: Man kann nicht alles auf einmal haben. Und so gibt es einige Favoriten, die ich noch nicht gesungen habe, aber immer wieder gern höre, meine persönliche Christmas Hall of Fame:

Gayles ultimative Christmas Top Ten: Songs

1. »Las Navidades Pasadas« – Luis Frank y Su Tradicional Habana, 1998

Die grooviest Version aller Zeiten des entweder heißgeliebten oder abgrundtief gehassten Christmas classic »Last Christmas« von Wham!. Statt mit Synthiepop in ein Schweizer Ski-Chalet nach Saas Fee zu reisen, fahren wir mit heißen Merengue-Klängen und der herzzerreißenden Stimme der kolumbianischen Sängerin Sandra Cornados in den Buena Vista Social Club. Eine sexy und tanzbare Alternative zum traditionellen Gedudel und ein garantierter Partyknaller. Ich liebe es, wenn meine wild tanzenden, nichtsahnenden Gäste plötzlich ekstatisch: »*Ist das ›Last Christmas‹?!*«, schreien.

2. »Do They Know It's Christmas« – Band Aid, 1984

Ein bombastisches, starbesetztes Megaprojekt, um Geld für die Opfer der Hungersnot in Äthiopien zu sammeln. Sir Bobs Mutter-aller-Charity-Singles hat insgesamt über zwölf Millionen Euro Spendengelder eingespielt und ist ein Who's who der britischen Popwelt der achtziger Jahre. Alle waren

dabei: Sting, Boy George, George Michael, Paul Weller, Bananarama und Paul McCartney. Die Idee zur Aktion entstand, als Bob Geldof und Midge Ure von Ultravox einen Dokumentarfilm über Afrika sahen und ihren Status als Popstars nutzen wollten, um zu helfen. Der Text bietet einen westlichen, sehr einfachen Blick auf Afrika, aber spätestens, wenn Bono voller Emotion »tonight thank God it's them, instead of you« singt, werden die Kraft dieses Liedes und seine Motivation offenbar. Mehrmals gecovert (u. a. in einem 20th-Anniversary-Remix mit Coldplay, Radiohead und den Sugababes), aber nie verbessert. Feed the world!

3. »Merry Xmas/War Is Over« – The Plastic Ono Band, 1971

Ursprünglich ein Aufschrei gegen den Vietnamkrieg und Teil einer weltweiten Kunstaktion von John Lennon und Yoko Ono. Das Künstlerpaar hatte in elf Städten von Tokio bis New York Reklametafeln mit dem Satz »WAR IS OVER« geklebt. Eine Woche später wurde die Single mit stimmlicher Unterstützung des Harlem Community Choir als Friedensbotschaft veröffentlicht. Es gibt immer wieder neue Kriege, und sie scheinen nie enden zu wollen, das Lied bleibt jedoch eine der meistgespielten Weihnachtshymnen aller Zeiten und ein musikalisches Denkmal für John Lennon und seine nie aufgegebene Hoffnung auf ein angstfreies neues Jahr.

*4. »A Fairytale Of New York« –
The Pogues feat. Kirsty MacColl, 1987*

Grandiose, melodramatische irische Songkunst der legendären Folk- und Punkband The Pogues. Dieses großartige Duett zwischen Shane McGowan und der englischen Sängerin und Songwriterin MacColl erzählt von den (Alp-)Träumen eines irischen Immigranten in New York an Heiligabend, der im Gefängnis seinen Säuferwahnsinn ausschläft und an seine verlorene heroinabhängige Geliebte denkt. Klingt düster, ist aber bezaubernd und wurde in Großbritannien zum »Best Christmas Song Of All Time« gewählt. Es gibt eine sehr interessante deutsche Version von BAP und Nina Hagen mit The Kelly Family als Backup-Chor (»Weihnachtsnaach«, 1996).

*5. »Little Saint Nick« –
The Beach Boys, 1963*

Von 1963 bis 1965 hatten die Beach Boys zwanzig Top-Forty-Singles in der US-Hitparade, endlos spielten sie ihre Sommer-Surfmusik voller good vibrations und sangen über »California Girls« namens »Rhonda« oder »Barbara Ann«. Ihr Sound war jung, harmonisch und sorgenfrei, voller Meeresluft und Sonne. Diesen Ton in einem Weihnachtslied zu treffen ist beinahe unmöglich, aber der visionäre Brian Wilson schaffte es, einen surfenden Santa ins Leben zu rufen und das Lied nach Wellen, Spaß und Schellen klingen zu lassen. Die »Surfin' Safari« war für Brian Wilson allerdings Ende der

sechziger Jahre vorbei, weil ihn diverse psychische Erkrankungen, Drogenkonsum und extreme Agoraphobie jahrelang ans Haus fesselten.

6. »Santa Baby« – Eartha Kitt (Joan Javits/P. Springer/T. Springer, 1953)

Als präfeministische Provokation inmitten der Biederkeit der fünfziger Jahre von der Nichte eines republikanischen New Yorker Senators geschrieben, ist diese frivole Nummer die maßlose Wunschliste eines verwöhnten Partygirls: Paris Hilton trifft Joe McCarthy. Viele Sängerinnen – von Madonna bis RuPaul, von Pussycat Dolls bis Ally MacBeal – haben versucht, den Song zu singen, aber niemand macht es besser als Eartha Kitt in der Originalversion. Die Schauspielerin aus South Carolina hatte seinerzeit gerade ihr Bühnendebüt als Helen of Troy in Orson Welles' Inszenierung von »Doctor Faustus« hinter und eine vielversprechende Theaterkarriere vor sich, doch mit dieser Platte hatte sie bereits die Rolle ihres Lebens gefunden: Ur-Sex-Kitten.

7. »River« – Joni Mitchell, 1971

Ein wunderschöner Tränendrüsendrücker von »Blue«, der dritten Platte der als »weiblicher Bob Dylan« bezeichneten Sängerin und Songschreiberin. Weil sie das Vorbild für alle

blonden Sixties-Free-Love-Hippie-Chicks mit Gitarre und später die Königin des Southern-California-Rock war, vergisst man leicht, dass Joni Mitchell keine Amerikanerin, sondern Kanadierin ist. »River« ist ihr »White Christmas« – die schwerblütige Geschichte einer Kanadierin in Los Angeles mit gebrochenem Herzen und Heimweh, voller Sehnsucht nach Schnee und Kälte und auf der Suche nach einem Ausweg: »I wish I had a river I could skate away on …« Das Lied und damit der Schmerz beginnen mit den ersten Takten von »Jingle Bells« – in Moll. Nur ein einsames Klavier und eine Stimme, so kristallklar wie der Sternenhimmel über Vancouver, erklingen. Ich habe dieses Lied mindestens zehntausend Mal gehört, doch ich heule jedes Mal von Neuem – genau wie all jene auf der langen Liste hochrangiger Musiker von James Taylor bis zu k.d. lang, die das Stück gecovert haben. Ein brillanter Song von einer brillanten Künstlerin.

8. »Mele Kalikimaka« – Bing Crosby & The Andrews Sisters, 1950

»Mele Kalikimaka« bedeutet »Frohe Weihnachten« auf Hawaiianisch, und so ist das Lied ein swingender, exotischer Weihnachtsgruß, der mit viel Pep von dem erfolgreichen schwesterlichen Terzett und Amerikas Weihnachtskünstler Nummer eins gesungen wurde. Crosby sang nicht nur »White Christmas« (und spielte die Hauptrolle in dem gleichnamigen Film), er etablierte auch die Tradition der

Christmas shows im amerikanischen Fernsehen. Seine fünfzehn Weihnachtsproduktionen waren alljährliche Blockbuster, in denen die Crème de la Crème des Showbiz als Gaststars auftrat. Eine hübsche Version des Liedes sang die geborene Hawaiianerin Bette Midler 2006 auf ihrer Platte »Cool Yule«.

9. »Peace On Earth«/»Little Drummer Boy« – David Bowie & Bing Crosby, 1977

Bizarr: Bing trifft Ziggy Stardust für seine Weihnachtsshow unterm Tannenbaum.

Bowie war nur gekommen, weil seine Mutter ein großer Crosby-Fan war, und Crosby wollte mit seinem Gast auch ein junges, hippes Publikum erreichen. Er war bereits schwer krebskrank und starb einen Monat nach der Aufzeichnung, bei der er sich erst noch tapfer durch einen hölzernen Dialog spielen musste, der in der Show als Sketch-Comedy-Nummer vorweg gebracht werden sollte:

David: »Hallo … Bist du der neue Kellermeister?«
Bing: »Hahaha! Es ist schon lange her, dass jemand sagte, dass ich in etwas *neu* bin.«
David: »Öhm … OH – ich bin David Bowie, ich lebe gleich die Straße runter …«

Schließlich gingen sie zum Flügel und sangen zusammen. Während der Probe hatte Bowie noch gesagt, dass er auf keinen Fall »Little Drummer Boy« singen würde, weil er das

Lied hasse. Da aber ein Duett geplant war, ließen sich die Autoren der Sendung schnell das nette Getriller »Peace On Earth« einfallen, das zur Melodie passte. Crosby sang den Text von »Drummer Boy«, Bowie nur ein paar »Pa-Ra-Pa-Pa-Pams«. Durch ein wahres Weihnachtswunder schafften die beiden es irgendwie, ein berührendes Duett zu präsentieren, und ein »You Tube«-Favorit war geboren.

10. »A Christmas Gift To You From Phil Spector« – Various Artists, 1963

Eine ganze Platte voller All-time-Favoriten! Keine Christmas-Collection ist vollständig ohne dieses legendäre Album, das Platz hundertzweiundvierzig in der *Rolling Stone*-Liste der »Top 500 Records Of All Time« belegt. Phil Spector war einer der erfolgreichsten Musikproduzenten überhaupt, bevor er sich zu einem wahnsinnigen frauenmordenden Monster entwickelte. Seine »Wall of sound«-Technik war seinerzeit für die Popwelt revolutionär. Durch komplexe Hintergrundinstrumentierung, mehrere Schlagzeuger und Halleffekte schuf er einen überwältigenden, fast sinfonischen Klang. Auf diesem Weihnachtsmeisterwerk präsentierte er Girlgroups wie die Ronettes, die Crystals, Darlene Love und Bob B. Soxx & The Blue Jeans und inszenierte eine Schatzkammer voller poppiger Santas, Frostys und Rudolphs, rockender Songs und Soul-Classics – Weihnachtsmusik als Pop-Opera: als Weckruf zum Aufwachen, zum Tanzen, zum Jubeln.

Jingle Hell

Jingle bells, jingle bells, jingle all the way! Als James Lord Pierpont 1854 ein nicht-religiöses Weihnachtslied komponieren wollte, konnte er nicht ahnen, dass er gleichzeitig eine amerikanische Einkaufshymne schreiben würde. Der vorweihnachtliche Shoppingwahn in den USA ist ein Blitzkrieg aus Glockenklängen: Jede Werbung, jeder Radiosender, jeder Kinderchor ist unterlegt und überschüttet mit Glockenklang – was klingt wie Sonntagsmesse, Hochzeit und die Krönung von Königin Elisabeth II. in einem. Es klingelt, wenn man in die Geschäfte kommt; klingelt, wenn man wieder rausgeht; klingelt an jeder Haustür und jedem Klassenzimmer, denn dort hängen Weihnachtskränze mit Hunderten von selbstgebastelten Miniglöckchen; klingelt in kitschigen Christmas-Remixen von Mariah Carey, Christina Aguilera und jedem Soul-, Country- oder Heavy-Metal-Star. Vor allem klingelt es in den Kassen. Dieses Klingeln ist ja so niedlich und soll uns daran erinnern, dass es bald soweit ist. Wir sollen an putzige Schellen am Pferdegeschirr denken und uns nach kuscheliger Gemütlichkeit und einer heilen Familie sehnen – für die wir gern einen Riesenhaufen Geschenke kaufen. Für mich ist dieser Klang eher ein kosmischer Megawecker, der mich aus meinem Winterschlaf reißt und mich zum Last-Minute-Shopping schickt, obwohl die Geschäfte vierundzwanzig Stunden am Tag geöffnet haben.

Wer hat festgelegt, dass wir ab dem Herbstanfang mit einem klimpernden Schallknall leben müssen? Ist das kleine Christkind schuld? Was ist damals *wirklich* in Bethlehem passiert? War die Krippe vielleicht doch weniger ein Hühnerstall und viel mehr ein Hilton Hotel? Ich kann es mir gut vorstellen: Maria und Josef (die genauso aussehen wie Heidi Klum und Seal) warten und warten an der Rezeption und sind mittlerweile völlig fertig mit den Nerven! Ihre Entourage voller Schäfer (Bärbel), Bauer (Gabi) und verschiedener Personal Assistants fängt an, untereinander herumzuzicken. Sie haben zwar den Reisebericht über die besten Urlaubsorte zum Jahresende im *Stern* gelesen, und sie sollten hier eigentlich genau richtig sein, aber das Personal – ein Desaster! Die heiligen drei Könige (Lagerfeld, Joop und Helmut Lang) drehen einfach durch und hauen immer und immer wieder auf das Tischglöckchen, um endlich den verlorenen Pagen herbeizurufen. Wir hören heute noch den endlosen Widerhall ihres schlechten Timings. Vergiss »Jingle Bells«, es ist Jingle Hell.

Timing ist alles – besonders at Christmas. Niemand ist zur richtigen Zeit am richtigen Ort, das war doch schon immer der eigentliche Grundkonflikt von Weihnachten. Und im Grunde genommen ist es bis heute so geblieben. Vor allem in der Theaterwelt.

Denn natürlich plant man eine Weihnachtsshow nicht erst im Winter. Man muss Monate im Voraus Fotos machen und Pressetexte schreiben, um gute Promotion zu bekommen, die Presse zu interessieren und das Publikum zu locken. Manchmal hat der Künstler überhaupt keine Ahnung,

was er auf der Bühne tun wird und mit wem, aber sechs Monate vor der Premiere muss er irgendwelche wichtigen konzeptuellen Grundsatzentscheidungen treffen, um ein irgendwie interessantes Motiv für das Plakat zu finden. Das ist ein bisschen wie mit diesen irritierenden Leuten, die das ganze Jahr über interessante kleine Geschenke kaufen – Salatheber aus dem Senegal, Briefbeschwerer aus Oslo – und so schon im August mit Weihnachtsgeschenken für alle Verwandten, Freunde und Kollegen versorgt sind.

Anders als Heidi Klum bin ich kein Fotoshooting-Fan. Darum war das Fotoshooting für meine Show »White Christmas« für mich auch eher eine weiße Hölle. Als ich um elf Uhr morgens die ersten Probefotos von meinem sehr schön geschminkten, aber immerhin fünfundvierzigjährigen Gesicht sah, dachte ich: Was macht meine Mutter da?

Für unser Plakat musste ich bei herrlichem Plötzlich-zweiunddreißig-Grad-im-Mai-Wetter achtzehn Stunden in einem dunklen Fotostudio verbringen, eingepackt in einen dicken Flokatipelzmantel. Ohne Klimaanlage. Am Ende sah ich aus wie Knuts ältere Schwester nach einem versehentlichen Saunagang in der Mikrowelle. There's no Geschäft like the Showgeschäft.

Dank der Magie des Showgeschäfts und meines einfallsreichen Produktionsteams fing es sogar mitten im Fotostudio in einer Altbauwohnung in Berlin-Mariendorf heftig an zu schneien. Ich tanzte schneeblind, aber lächelnd unter einer riesigen Discokugel zwischen zwei glitzernden, wei-

ßen Plastikweihnachtsbäumen, während im Hintergrund ein festlich dekorierter eineinhalb Meter großer Pappschlitten von meinem Visagisten durch einen imaginären Wald gezogen wurde. Die ganze Zeit lief in Höllenlautstärke eine CD mit der Mariachi-Version von »O Tannenbaum«. Mein Kostümbildner warf tonnenweise weiße Federn auf einen Riesenventilator und rief ab und zu: »Ich glaube, das Ding fängt gleich an zu glühen.«

Normalerweise haben Weihnachtsshows Mitte November Premiere, was bedeutet, dass alles, was man braucht – neue Lieder, Texte, Arrangements, Bühnenbild- und Kostümentwürfe, Lichtdesign und Choreographien – Anfang September fertig sein muss. Während die restliche Welt Theaterferien macht und surfend, schwimmend und Cocktails schlürfend den Sommerurlaub genießt, stecken tapfere Gruppen schwitzender Showbiz-Profis überall auf der ganzen Welt wochenlang in dunklen, heißen Proberäumen, in denen sie völlig neue Versionen von »Jingle Bells«, »Winter Wonderland« oder »Süßer die Glocken nie klingen« einüben.

Das kann gefährlich sein, denn Hitze ist mächtig, und zuviel davon lässt einen falsche Entschlüsse treffen. Irgendwann mitten im Hochsommer saß ich mit meinem Arrangeur Thomas Zaufke am Klavier. Thomas ist nicht nur ein ultratalentierter Komponist, er ist auch ein hervorragender Gastgeber und servierte sehr leckeren selbstgemachten Eistee – mit Zimt, um uns in besinnliche Stimmung zu bringen. Sein Tee war so köstlich, so intensiv und so voller Koffein, dass wir uns ein kompliziertes, verwickeltes Medley

aus jedem Glockenlied, das wir je gehört hatten, ausdachten. Ein hochpräzises Kunstwerk, bestehend aus fünf verschiedenen Stimmen und den wildesten Zutaten: Dazu gehörten Klassiker wie »Kling, Glöckchen, klingelingeling« und »Silver Bells«, aber auch Anita Wards Discohit »Ring My Bell« und der holländische Grand-Prix-Gewinner von 1975 »Ding A Dong« von Teach-In.

Was in Eistee-Ekstase anfängt, endet oft in Tränen. Als wir uns im Oktober mit dem ganzen Ensemble zur ersten Probe trafen, erwartete uns eine achtundzwanzigseitige Partitur, und das war nur das Glockenmedley. Eine virtuose Achterbahnfahrt voller Harmonie, dynamischer Rhythmuswechsel, verschiedenster Stimmlagen, in zwei Sprachen und mit einem A-cappella-Anfang, der sogar noch bei der Generalprobe schiefging. Danny, unser Choreograph, erfand dazu eine etwas barocke, verschnörkelte, aber sehr feierliche Choreographie, und unser Abenteuer konnte beginnen.

Als wir uns durch das halbe Medley gekämpft hatten, mussten wir zu »Carol of the Bells«, einem komplizierten Rondo, das auf einem ukrainischen Volkslied basiert, einander mit antiken, sehr schweren silbernen Bechern fröhlich zuprosten, im richtigen Takt und mit dem richtigen Gesangspartner. Jetzt steckten wir wirklich in der Hölle. Jeder hatte dieselbe Melodie, aber nur fast denselben Text zu singen – in jedem Satz gab es klitzekleine Unterschiede. Weil wir oft nicht weiterwussten, haben wir statt »hark how the bells« oder »sweet silver bells« einfach »bla bla bla bla« oder »fick dieses Lied« gesungen. Wenn nur einer von uns fünf Sängern auch nur ein bisschen danebenlag, hat das

jedes Mal eine unglückliche Kettenreaktion ausgelöst: falsche Töne, falsche Bewegungen, Verzweiflung, Frust und zwischen Silberbechern zerquetschte Finger. Es blieb wochenlang eine musikalische Massenkarambolage, bis es irgendwann plötzlich »Ping!« machte, und das Timing stimmte. Wir schauten einander völlig verblüfft an und probten lächelnd weiter.

Das Ende des Big-Bell-Medleys war gleichzeitig der fulminante Abschluss des ersten Akts: Wir führten einen wilden Stepptanz zu meiner neu getexteten Version von »Sing, Sing, Sing« von Louis Prima in doppeltem Tempo und flauschigen Après-Ski-Klamotten auf. In der Pause trank jeder von uns mindestens vier Liter Wasser, und alle Performer über vierzig sehnten sich nach einem ganz besonderen Weihnachtsgeschenk: einem eigenen Sauerstoffzelt.

Das Holiday Songbook

Kling! Kling! Kling!

Kling! Kling! Kling! Kling!
Hear the Weihnachtsglocken kling!
Schönste Zeit starts tonight,
Can't cha hear the Glocken kling?

Kling! Kling! Kling! Kling! It's a wunderbares Ding.
Crazy Klang, sweet Gesang,
Come on, Glocken, do your thing!

Merry Christmas, gather 'round.
Dig that Weihnachtsglocken-Sound.
Bells are jinglin', here we go:
Ho ho ho ho ho!

Kling! Kling! Kling! Kling!
Weihnachtszeit is time to swing,
Feel the beat, what a treat,
I just gotta move my feet!

Merry Christmas, gather 'round.
Dig that Weihnachtsglocken-Sound.
Bells are jinglin', here we go:
Ho ho ho ho ho!

Kling! Kling! Kling! Kling!
Weihnachtszeit is time to swing,
Jingaling! Hear them ring!
Can't cha hear the Glocken kling,
Ev'rybody, start to sing, swing, kling!
Kling! Kling! Kling!

Kaufhaus des Wahnsinns

All I want for Christmas, ist ein Brückentag! Dieses raffinierte deutsche Phänomen macht mich schwindlig vor Möglichkeiten. Zwischen dem 22. Dezember 2007 und dem 6. Januar 2008 gibt es sechs Brückentage, und man könnte theoretisch fast zwei Wochen frei kriegen, wenn man einen Job und einen netten Arbeitgeber hat und kreativ mit dem Kalender umgehen kann. Als Freiberufler kann ich nur davon träumen wie Audrey Hepburn in »Frühstück bei Tiffany«, als sie vor dem Schaufenster des Nobeljuweliers ihr Brötchen isst und von türkisblauen Päckchen voller Diamanten phantasiert.

Ich hätte die Zeit wirklich gut gebrauchen können.

Wenn man eine Weihnachtsshow spielt, ist das mehr als eine Vollzeitbeschäftigung, es ist hundertprozentiger Einsatz von Körper und Geist rund um die Uhr, im Auftrag der größten Publikumserwartung des Jahres. Sechs Tage pro Woche musste Top-Leistung gebracht werden – was im Winter in einem Zelt im Park schwer zu schaffen war. Unser Umkleidecontainer war ein Biotop von Viren und Erkältungsgefahren, und jeder ging ein bisschen anders damit um.

Christiane, meine Sopranistin, zum Beispiel brachte ihren wahnsinnig süßen, aber leider unentwegt pupsenden Labrador Retriever mit. Marysol, Zweitsopran, saß neben

ihr am Schminktisch und vollzog ihr abendliches Haarsprayritual: eine halbstündige Betonierung ihrer Frisur, die jedem Hundegestank sofort ein Ende machte, aber leider auch vielen unserer Gehirnzellen und einem großen Teil der Ozonschicht.

Dion, mein amerikanischer Startenor, trug irgendwann eine Mundschutzmaske und versorgte uns mit frischen Dunkin' Donuts und aktuellem Klatsch über Barack Obama und Hillary Clinton. Danny, mein Bariton, amüsierte uns mit skandalösen Geschichten von gayromeo.de und aus dem »Nasco Farm and Ranch Catalog«, einem Katalog für Bauern aus seiner Heimatstadt in Colorado, der voller schweinischer Produkte wie Elektroejakulatoren für Kühe und riesigen Gummihandschuhen ist.

Ich bemühte mich, meine Weihnachtseinkäufe in der Pause online zu erledigen. Obwohl ich seit über fünfzehn Jahren in Europa lebe, schaffe ich es noch immer nicht, meine Geschenke rechtzeitig in die USA zu verschicken. Seit 2001 kommen sowieso alle meine Pakete geöffnet und alle Schokoladen-Nikoläuse geköpft an. Seitdem bin ich sehr dankbar für amazon.com und Cookies Direct Of Yarmouth, Maine. Als ich zum religiösen Christmas Medley, dem Beginn des zweiten Showteils, auf die Bühne ging, war ich noch immer im Shoppingstress. Ich war wirklich überrascht, dass ich es überhaupt so weit geschafft hatte: Ich hatte fast alles erledigt – den Weihnachtsbaum gekauft und mit Weihnachtskugeln geschmückt, Hunderte Weihnachtsgrüße geschrieben, mit Weihnachtsmarken beklebt und in Unicef-Weihnachtsumschlägen verschickt, Weihnachts-

geschenke gekauft und in Weihnachtsgeschenkpapier verpackt – in den letzten vierzehn Tagen hatte ich mehr für die deutsche Wirtschaft getan als Hans Eichel in seiner ganzen Karriere!

Trotz der niemals endenden Vorbereitungen versuche ich meinen Holiday-Höhepunkt bis zum letzten Augenblick hinauszuzögern: der Besuch im KaDeWe – an Heiligabend. Von der Fressetage bis zur Spielzeugabteilung, ein Besuch im KaDeWe an Heiligabend ist eine Reise ins Auge des Sturms, eine spannungsgeladene Achterbahnfahrt – ultrahektisch, viel zu laut und proppenvoll wegen lauter verlorener Familienväter auf Geschenksuche. Ich liebe diese heldenhaften Männer, die alle wie Bruce Willis am Ende von »Stirb langsam« aussehen: niedergeschlagen und verzweifelt, ohne Geschenke, ohne Zeit und ohne Ahnung. Die armen Dinger krabbeln mit letzter Kraft auf dem glänzenden, polierten Marmorboden herum wie kleine wehrlose Babys in einem Konsumentenkindergarten voller böser, entnervter, sadistischer KaDeWe-Parfümeriefachverkäuferinnen, die seit sechs Wochen nicht geschlafen, nicht gegessen und nicht gelächelt haben: »Glauben Sie mir! Ihre Frau liebt LA PRAIRIE! ALLE FRAUEN LIEBEN LA PRAIRIE! Was Sie wollen, ist unser Gute-Nacht-Set im Angebot für nur fünfhundertsechzig Euro!« Die Männer denken, sie haben ein Schnäppchen gemacht, und torkeln glücklich nach Hause. Am 24. Dezember heißt KaDeWe: Kaufhaus des Wahnsinns!

Bescherung ist sowieso wahnsinnig. Das Richtige zu

schenken ist immer ein Roulettespiel, manchmal sogar russisches Roulette. Als ich sechs war, nahm ich an einer Aktion unserer Bank namens »Christmas Club« teil. Ich erhielt ein Sparbuch mit vielen kleinen Löchern, in die ich jede Woche ein Vierteldollarstück stecken sollte, so dass ich bis zum Jahresende ein unglaubliches Vermögen von dreizehn Dollar zusammenbekam. Ich hätte das Sparbuch mit meinem Leben verteidigt und schlief mit ihm unter meinem Kopfkissen, aber Vierteldollarstücke sind hart, und spätestens Mitte Oktober bekam ich Migräne.

Während ich mein Geld sparte, erstellte ich sorgfältig Listen mit Geschenkideen für meine Familie – Comics für meinen Bruder, Lockenwickler für meine Schwester, einen Bierkrug für meinen Vater, Knochen für meinen Hund. Nur ein Geschenk für meine Mutter zu finden war problematisch. Sie seufzte immer: »Solange ich euch Kinder habe, bin ich zufrieden«, aber sie war nie zufrieden, besonders nicht mit unserem Zuhause. »*This place is a shithole*«, sagte sie oft, und das verhalf mir zu einer Inspiration.

Jeden Tag auf dem Weg zur Schulbushaltestelle ging ich an einem Seniorenheim vorbei. In der Vorweihnachtszeit gab es immer einen »Jumble Sale«, eine Art Flohmarkt mit selbstgemachten Handwerksartikeln der Senioren. Eine Frau namens Lovey hatte eine fliederfarbene Tagesdecke kreiert mit einem riesigen mehrfarbigen, psychedelischen Pfau in der Mitte. Sie kostete zehn Dollar, aber ich fand sie wunderschön – sie wäre genau das Richtige für meine unzufriedene Mutter.

Ganz früh am Christmas Day hatten wir Bescherung. Ich

platzte fast vor Vorfreude; meine Mutter würde ihre Bettdecke lieben und endlich unser Haus und mich. Nie werde ich ihren Gesichtsausdruck vergessen: Er lag irgendwo zwischen Schock und Horror – wie bei einer Frau, die von ihrem Boyfriend einen Verlobungsring erwartet (genau wie Julia Roberts in *Pretty Woman*) und stattdessen ein schickes Haushaltsgerät, einen Eierkocher oder eine Friteuse bekommt, kurz bevor sie heulend aufs Klo rennt und noch damenhaft stöhnt: »*Oh …! Wie … praktisch!*« 1966 lernte ich, dass Bescherung manchmal sehr schmerzhaft ist.

Seitdem ich nicht mehr zu Hause wohne, schenkt meine Mutter mir immer dasselbe Geschenk. Ich kriege jedes Jahr ein bodenlanges Flanellnachthemd in Rosa mit einem dezenten Pepitamuster. Mein Bremer Mann hat einen sehr trockenen Humor und sagt immer: »Hübsch. Du siehst aus wie aus ›Unsere kleine Farm‹.«

Ich schicke meiner Mutter jedes Jahr on Christmas Day einen großen Blumenstrauß via Fleurop. Neulich hat sie meiner Schwester erzählt, dass sie viel lieber das Bargeld hätte.

Vielleicht schicke ich ihr dieses Jahr Cash und bestelle mir etwas online – von Tiffany's.

All I want for Christmas, ist alles!

*Ich möchte nicht zu kapitalistisch klingen,
I'm not the kind of Frau who's diffizil,
Ich möchte nur meine Wunschlist' zu dir bringen,
And Baby, dieses Jahr it's wirklich viel …*

*The Louis Vuitton Luggage, honey, her damit!
The ganze matching set, not just a little bit.
Herr Lagerfeld, please schneider mir a new outfit!*

All I want for Christmas … ist alles!

*Dom Pérignon Champagner bitte if you please,
In a Chalet somewhere up in the Pyrenees
Mit Mister Clooney irgendwo between my knees!*

All I want for Christmas … ist alles!

*Oh, I know the times are tough,
Und was ich wünsche mir klingt doch ein bisschen
    extreme:
Nur einmal in my life to have more than enough,
Bin keine Schlampe, but a girl can dream!*

A big Mercedes auto, yes, I want it auch!
A villa out in Potsdam, just like Günther Jauch,
And endlich I would like to have a flache Bauch!

All I want for Christmas … ist alles!

A Pollock, a Picasso and a big Renoir,
A new Regierung back home in the U. S. A,
A world without George Bush, that would be
    wunderbar!

All I want for Christmas … ist alles!

Oh, I know that times are tough,
Und was ich wünsche mir, klingt doch ein bisschen
    extreme:
Nur einmal in my life to have more than enough,
Bin keine Schlampe, but a girl can dream!

A Welt voll Frieden, Freude und Gerechtigkeit,
Mit Zutrauen, Zuversicht und auch Zufriedenheit,
A world where I finally speak this Sprache right!

All I want for Christmas,
I've been a real good miss, yes! Oh, all I want for
    Christmas …
I want it all!
Jawoll!

Gayles ultimative Christmas Top Ten: Kindergeschenke

Weihnachten ist eigentlich ein Kinderfest. Wir alle lieben die strahlenden Augen der Kinder vor dem Tannenbaum und freuen uns an ihrer Aufregung und Begeisterungsfähigkeit. Ich habe in New York City in der Chelsea Day School als Kindergärtnerin gearbeitet und durfte fünf Jahre lang die Freude von achtzehn dreijährigen Kindern aus nächster Nähe erleben. Zur Weihnachtszeit war der Kindergarten ein Haus voller überbordender Gefühle. Der Dezember war der Monat der Erwartungen, ein Monat voller Neid, Diebstahl, Prügeleien und Tränen – und das beschreibt nur den Zustand der Lehrkräfte. Weihnachtsgeschenktrends kommen und gehen, aber wer heil durch die Feiertage kommen will, also mit intakten Nerven und funktionierendem Gehör, braucht ein No-go-Area für Kindergeschenke. Hier ein paar Tipps für *What not to give*: Kindergeschenke, die man Kindern auf keinen Fall schenken sollte.

1. Musikinstrumente

O. k., sie fördern die Kreativität und Feinmotorik, doch wollen wir wirklich Bachs Kantate »Ich habe genug« stundenlang von einem hyperaktiven Achtjährigen auf einer Block-

flöte geblasen hören? Noch schlimmer sind nur Geigen oder Trommeln, aber wer seinem Kind ein Schlagzeug schenkt, ist wirklich selbst schuld.

2. Waffen

Sag einfach nein. Keine Wasserpistolen, keine Pumpguns, keine Minikalaschnikows. Ein Kleinkind ist kein Gangsta und wird die Schießerei und das Gepose höchstwahrscheinlich sowieso mit Legosteinen, Holzspielzeug oder Strohhalmen ausprobieren. Mach ihnen keinen Mut. Give peace a chance!

3. Süßigkeiten

Es ist fast unmöglich, Süßigkeiten in der Weihnachtszeit zu vermeiden, und ein bisschen Schokolade ist nie verkehrt, aber die mächtige Auswirkung von Zucker auf den kindlichen Körper ist nicht zu unterschätzen. Als Kindergärtnerin war ich Zeugin der frankensteinähnlichen Verwandlung engelhafter Dreijähriger in ausgerastete Wirbelwinde infolge unserer Chelsea Day School Holiday Party.
Esmé, einer meiner Lieblinge, war ein bildhübsches, intel-

ligentes, sehr gut erzogenes kleines Mädchen. Ihre Eltern waren Vegetarier, und sie aß täglich genussvoll Reiscracker als Mittagssnack und trank dazu ein Glas Apfelsaft. Als sie bei unserer Weihnachtsfeier zum ersten Mal Spritzgebäck, einen Cupcake und eine Handvoll Smarties zu sich nahm, veränderte sie sich in eine unheimliche Mischung aus einem tasmanischen Teufel und Lindsay Lohan on Crack, bevor sie eine halbe Stunde später, nach vielen Tränen, in der Spielecke schlafend aufs Sofa fiel. In den folgenden Jahren hatten wir daraus gelernt und servierten nur noch salziges Popcorn, Möhren-Sticks und Ananas-Smoothies.

4. Tiere

Haben wir uns nicht alle irgendwann einmal nach einem richtig lebendigen Lebewesen als treuem Freund gesehnt? Meine Wunschliste begann immer mit einem Pferd, doch ich ließ mich jedes Jahr runterhandeln bis zum Hamster. Theoretisch ist es eine super Idee, dass das Kind auf ein anderes Lebewesen aufpassen muss und dadurch lernt, Verantwortung zu übernehmen. In der Praxis geht das leider sehr oft sehr schief – und ohne den tatkräftigen Einsatz aufmerksamer Mütter würde das Leben von Unmengen von Goldfischen, Meerschweinchen und Kätzchenbabys in der ersten Februarwoche auf dem Tierfriedhof enden.

5. Barbies

Als Mädchen habe auch ich mit der Weltmeisterin-der-Wespentaille, Pershing-Missile-Titten tragenden, vaginalosen Puppe gespielt, aber es hat nicht gerade mein weibliches Selbstbewusstsein gefördert. Dennoch finde ich, dass die Barbies damals viel harmloser waren. Wir hatten Malibu-Barbie mit Sonnenbrille und Badeanzug – heute gibt es Manga-Barbie oder Magersucht-Barbie. Fashion-Fever-Barbie wird mit ihrer eigenen Kreditkarte geliefert und ist offensichtlich kokainsüchtig. In einer Welt voller Paris Hiltons und Nicole Ritchies haben wir den ultimativen Ausdruck von hirnlosem Kommerz und Körperkult erreicht. Schenk deiner Tochter lieber eine Madonna-CD oder ein *Emma*-Abo.

6. Pink

Die Wiedergeburt der Farbe Rosa als Geschlechtsidentifikationsmerkmal für Mädchen ist mächtig, gewaltig und heute auf der ganzen Welt sichtbar: Von den Straßen von Neukölln bis zur Shopping-Mall in New Jersey – überall torkeln Horden kleiner Püppchen, in eine Wolke aus glitzernder Zuckerwatte gehüllt, entlang. Die Weiblichkeit scheint plötzlich nur erkennbar zu sein, wenn ein Mädchen sich als krabbelndes Erdbeerbonbon herumtreibt wie Britney Spears vor der Entziehungskur. Die Farben Blau und Pink waren ein uraltes Hebammenhilfsmittel, um Säuglinge wiederzuerkennen und auseinanderzuhalten. Ursprünglich

wurde die Farbe Blau als Schutz gegen böse Geister für Neugeborene benutzt, weil sie die Himmelsfarbe ist und den Teufel vertreiben sollte. Weibliche Babys galten leider als minderwertig, so dass sie statt des schützenden Blaus ein blasses, ausgewaschenes Rosé als Trostfarbe bekamen. Die bösen Geister sind leider nicht vertrieben worden, und wir brauchen offensichtlich ein stärkeres Gegenmittel. Versuch es mit Rot oder Grün oder Pepita.

7. Gameboy, Computerspiele, Handys

Ich sehe in Berlin täglich Kinder in der U-Bahn, die wie bekiffte Kartoffeln durch das Leben gehen. Sie sitzen allein, zu zweit oder in kleinen Gruppen und tippen und zappen wie kleine Junkies mit Entzugserscheinungen – sabbernd und geistig abwesend mit zitternden Fingern und glasigem Blick – auf ihren Geräten herum. Sie sind gefangen in der aggressiven Passivität der virtuellen Welt. Vielleicht ist unter ihnen der nächste Bill Gates oder Steve Jobs, aber ich fürchte, es ist eher der nächste Darth Vader. Technologisches Know-how ist natürlich notwendig in der modernen Welt, aber die Fähigkeit, Aliens zu töten und Pornos downzuloaden, hilft einem nicht, wenn man Analphabet ist, sich die Schuhe zubinden oder die Uhr lesen muss. Ich denke, ab und zu ist ein bisschen Realität nicht schlecht: Wie wäre es mit einem Buch, einem Fußball oder einem Teleskop?

8. Designer-Windeln

Für ein Kleinkind ist es scheißegal, ob es einen Dolce-&-Gabbana-Strampelanzug oder Windeln von Calvin Klein trägt: Kinder pinkeln einfach alles voll und spielen weiter. Es gibt einen riesigen Markt für Designer children's wear, überteuerte Markenprodukte in Miniformat von Tommy Hilfinger, Baby Burberry oder Armani Junior. Erwachsene Menschen zahlen wahnsinnig viel Geld für tragbare Statussymbole, genäht von Fünfjährigen aus Kuala Lumpur, für ihren Nachwuchs, der fünfzehn Sekunden später schon nicht mehr reinpasst. Mit diesem Geld könnte man ein ganzes Dorf ein Jahr lang einkleiden, ernähren und auf Urlaub nach Europa schicken.

9. Alles, was zusammengebaut werden muss

Von dem »My Little Pony Regenbogenblitz«-Spielhaus bis zur »Hotwheels 6 in 1«-Autorennbahn, vom »klassischen Kaufladen mit Markise« bis zum »Original Spiderman«-Etagenbett – alles, was zu Hause zusammengebaut werden muss, ist gefährlich. Jedes Jahr gehen viele Parkettböden, Finger und Ehen kaputt, weil jemand (oftmals ein Vater, manchmal auch ein Opa oder der ältere Bruder) probiert, hinter die Logik der – ohne Kenntnis der deutschen Sprache aus dem Koreanischen übersetzten – Gebrauchsanleitung zu kommen, und dabei auf die Hilfe und den Beistand der übrigen Familienmitglieder verzichtet. Hinter einer verrie-

gelten Tür wird geflucht und geschimpft, es wird tagelang geschwitzt und geblutet. Es ist »Die glorreichen Sieben« als One-Man-Show. Die Aussichten sind düster: Nichts passt zusammen, immer fehlt mindestens eine Schraube, langsam verliert man die Nerven. Es wird ein Spiel gegen die Zeit, eine entmutigende Mischung aus UEFA-Cup-Endspiel und Ikea-Möbel-Zusammenbauen im Kleinformat. Irgendwie kommt unser Held dann doch durch, aber danach braucht er dringend selbst ein Geschenk, einen Doppelkorn oder Valium oder einen neuen Daumen. Bau lieber etwas mit den Kindern gemeinsam auf – ein Zelt im Schlafzimmer, einen Minigolf-Parcours in der Küche oder eine Erste-Hilfe-Station – unter dem Weihnachtsbaum.

*10. Geschenke, die du (eigentlich)
selbst haben willst*

Gib es zu! Die »PIKO Digital ICE 3«-Modelleisenbahn interessiert dein Kind überhaupt nicht. Das Digitally-remastered-DVD-Boxset von »Ghandi« auch nicht. Das sind wunderbare Geschenke, die viel Freude machen können – FOR YOU. Ich finde es sehr wichtig, sich selbst etwas zu Weihnachten zu schenken, als Jahresendbelohnung und Solidaritätsbeweis. Aber gebt den Kindern Geschenke, die sie auch wirklich wollen. Der »Mamma Mia« singende, gern mit Puppen spielende Junge braucht kein Werkzeugset mit hundertfünfzig verschiedenen Hämmern, das Goth-Girl hat

kein Laura-Ashley-Kleidchen nötig. Diese Dinge müssen nicht teuer sein – ein Tag im Schwimmbad, ein Ausweis für die Bibliothek oder ein Nachmittag mit den Cousinen sind immer noch der Renner. Viel Spaß beim Verschenken!

Lichterkette

Ein Höhepunkt meiner Kindheit war unser jährlicher Familienausflug zu »The National Shrine of Our Lady of La Salette« in Attleboro, Massachusetts. Jedes Jahr sind wir mit einer hübschen kleinen Bimmelbahn durch La Salette gefahren, besonders gern während des Christmas Festival Of Lights, einer Beleuchtungsorgie für die ganze Familie mit *300 000 dazzling lights*! Ich weiß bis heute nicht, warum es in einem Industrievorort südlich von Boston einen Wallfahrtspark für eine französische Marienerscheinung aus dem Jahre 1846 gibt und warum sie wie Las Vegas ausgeleuchtet ist.

Doch ich war ein sehr katholisches Kind, also liebte ich die Pracht und den Pomp der Sonntagsmesse und war stinksauer, dass ich als Mädchen kein Ministrant werden konnte. Aus Protest trug ich ununterbrochen mein weißes Spitzenkommunionskleid – fast ein halbes Jahr lang nach dem ersten Abendmahl.

Außerdem war ich total verknallt in Jesus – nicht den echten Jesus, aber in Ted Neeley, den Jesus aus der Verfilmung von Andrew Lloyd Webbers Musical »Jesus Christ Superstar«. Mein Schlafzimmer war zugeklebt mit Plakaten und Promofotos of Ted on the cross, Ted mit Dornenkrone und Ted mit Esel. Er war so hübsch und heilig und … metrosexual! Er war genau wie David Beckham – nur dunkler

und ohne die nervige Spice-Girl-Ehefrau. Jedes Jahr fuhr ich also nach La Salette, um Jesus zu finden.

Ich wäre fast erblindet angesichts der mächtigen strahlenden Helligkeit von La Salette. Es gab Hunderttausende von Lichtern! In den Bäumen und um die Kapelle, auf den Straßen und im Beichtstuhl. Die Nonnen erzählten uns damals, dass die Lichter ein Symbol wären für »*the dark night of the search and the bright lights pointing the way*«. Das Licht, das uns führt! Ich war überwältigt.

Die Lichter wiesen anscheinend alle in Richtung Hoboken, New Jersey. Der Geburtsort von Frank Sinatra ist die Heimat vieler, stolzer italienisch-amerikanischer Familien, die seit Jahren einen andauernden Wettbewerb veranstalten, um herauszufinden, wer die meisten Lichterketten auf seinem Grundstück unterbringen kann. In Hoboken wird jeden Abend mit der Unaufdringlichkeit eines Vorschlaghammers die Dunkelheit vertrieben. Es gibt regenbogenfarbene, bombastische Lichtinstallationen – auf den Dächern und im Vorgarten, auf der Garage und um das Auto, auf der Hundehütte und um die Kinder. Es ist atemberaubend! Oft sieht es aus wie eine experimentelle Mischung aus einem überdimensionalen blinkenden Geldspielautomaten and the Raumschiff Enterprise. Wahrscheinlich kann man zur Weihnachtszeit Hoboken sogar aus dem Weltall ganz einfach erkennen.

Lichterketten sind ein wichtiger Teil der amerikanischen Geschichte. Edward H. Johnson, ein Kollege von Thomas Edison, erfand die erste 1882 und gab sie Edison als Weihnachtsgeschenk. Seit dieser kollegialen Geste ist das ganze

Land im Lichterkettenfieber. Alles blinkt, alles blitzt, alles jingelt. Der erste blinkende Höhepunkt kam mit dem Bauboom der Nachkriegszeit in den fünfziger Jahren. Überall in den Vororten entstanden riesige Siedlungen mit Zehntausenden völlig identischer, kleiner »Cookie-Cutter Houses«, ganze Arbeiterwohngebiete mit endlosen Aneinanderreihungen ein und desselben Hauses bis zum Horizont. Jedes mit demselben Buchsbäumchen im Vorgarten. Anpassung war angesagt: Eisenhower war Präsident, der Kalte Krieg hatte gerade begonnen, und die Kommunisten konnten überall lauern. Niemand wollte auffallen. Nur Weihnachten durfte alles anders sein – individueller Ausdruck war endlich gefragt! Jedes Häuslein verwandelte sich plötzlich in ein strahlendes Kunstwerk, und Milliarden unschuldiger Glühbirnen werden bis heute geopfert, um den amerikanischen Willen zur eigenen Meinung darzustellen.

Viele Deutsche sehen diese Darstellung weniger als eine Überwindung des Minderwertigkeitskomplexes einer Immigrantennation, sondern vielmehr als geschmacklosen Kitsch. Sie halten Amiland für einen grenzenlosen Erlebnispark voller aufblasbarer Tannenbäume, Samba tanzender Rentiere mit im Laserlicht blinkenden Nasen und einer Überdosis Rosa, in dem Rentnerinnen Mai-Tais schlurfen und Johnny Mathis nonstop »Blue Christmas« singt. Diese Leute haben viel zu viele Winterurlaube in Miami verbracht.

Wenn ich versuche, diesen Leuten zu erzählen, dass es

amerikanische Weihnachten ohne Kitsch gibt, sagen sie meist völlig empört: »ABER DAS IST DOCH ÜBERHAUPT NICHT MÖGLICH! IHR AMIS HABT DIESEN GANZEN WEIHNACHTSTERROR DOCH ERFUNDEN!« Ich sage dann: »O. K.! Wir sind kitschig, aber wir sind nicht allein damit! Ihr Deutschen habt ein enormes Kitschpotential, when it comes to Weihnachten! Ich finde, zur Weihnachtszeit verwandelt sich ganz Deutschland in einen überdimensionalen Märchenwald. Das Erzgebirge grüßt auf jedem Weihnachtsmarkt mit einer unendlichen Balsaholzejakulation der Niedlichkeit! It's so fukking hübsch – und so merkwürdig! Dinge, die ich nie vorher gesehen habe: sich immer drehende Pyramiden mit Teekerzen, diese Nussknacker mit Gesicht, die Räuchermännchen, die Schwibbögen (whatever they are) und die Krippenspiele! Die Krippenspiele! Ich meine nicht das vom Enkel in der Schule zusammengeleimte, auf dem Couchtisch verstaubende Durchschnittskrippenspiel – ich meine das komplizierte, das überfüllte! Ein Metropolis aus Sperrholz: das MONUMENTALKRIPPENSPIEL!!! Das mit Tausenden von Schafen, Bauern, Heiligen Königen, Zimmermännern, Krankenschwestern, Notärzten, Kinderchören und der gesamten Besetzung aus dem Film ›Ben Hur‹. It's Loveparade goes Bethlehem!«

Auch die Deutschen sind mittlerweile meisterhafte Extremschmücker. Letztes Jahr gab es gegenüber meiner Wohnung in Schöneberg einen strahlenden Balkon mit sechsundzwanzig sich abseilenden Santas, noch mehr blin-

kenden Schneemännern, Unmengen fliegender Engel und dem Discoremix von »O du fröhliche«, gesungen von Ireen Sheer. Vergiss Weihnacht at Tiffany's, es war Christmas im Techno-Puff.

Aber Deutschland wäre nicht Deutschland ohne seine Regelungen, und in Nordrhein-Westfalen hat die Landesregierung jetzt eine Beschwerde-Hotline zur Weihnachtsbeleuchtung geschaltet. Bei dem Bürger- und Service-Center »Call NRW« ist eine digitale Frauenstimme in einer Endlosschleife mit dem Satz zu hören: »Das Blinken darf andere nicht stören.«

Die allerschönste Krippe, die ich je gesehen habe, war in La Salette: in einer wunderschönen, riesengroßen alten Scheune mit Hunderten von Lichtern und richtigem Stroh und LEBENDEN TIEREN! Kühe, Pferde und Schafe fraßen unaufgeregt, aber zügig das herumliegende Stroh und pupsten nach und nach die ganze Krippe voll. Ich war fasziniert. Ich stand stundenlang in der klirrenden Kälte der Attleboro-Nacht und bewunderte die Symmetrie der Inszenierung, und mir wurde eines klar: Ich wollte mittendrin sein – in diesem Stück wollte ich die Hauptrolle spielen. Ich wollte the Baby Jesus sein – das Christkind! Das Krippenspiel war für mich, wie für viele kleine Mädchen and viele schwule Jungs, die erste Begegnung mit dem Showbusiness.

Weihnachten war von Anfang an theatralisch: Marias Begegnung mit dem Heiligen Geist und die jungfräuliche Empfängnis? Bitte. Traditionelle deutsche Weihnacht ist geradezu opernhaft: schwer und feierlich, voller Samt, Weihrauch und Rotwein. Die amerikanische dagegen ist ein

Musical: bunt und euphorisch and voller peppiger Lieder. Wir sind Cole Porter, ihr seid Richard Wagner. Aber das Licht ist immer der Star, denn Weihnachten ist auch die Zeit der Wintersonnenwende – the winter solstice! Die längste Nacht des Jahres und der Moment, in dem das Licht zurückkehrt. Von Attleboro, Massachusetts, bis Schöneberg, vom Erzgebirge bis Hoboken, New Jersey – Licht aus! Spot an! It's Christmas!

Das Holiday Songbook

Shining Light

In this winter of our discontent,
Beneath a darkened sky
We're searching for a shining light!

Just a flicker of an ember
'Cause we've forgotten why
We try to make it through the night

Take my hand and we'll remember,
Take my hand and just hold on
And we'll walk on through December
To the place where we belong

Don't you know the darkest hour's always just before the dawn?
We are searching for the light, searching for a shining light

In this world we live in, can't you see,
The tears are never dry
They're searching for a distant light

In the quiver of an instant
The blinking of an eye,
A dream can disappear from sight

Take my hand and we'll remember,
Take my hand and just hold on
And we'll walk on through December
To the place where we belong

Don't you know the darkest hour's always just before the dawn?
We are searching for the light
Searching for a shining light

Shine on, shine on

Don't you know the darkest hour's always just before the dawn?
We are searching for the light
Searching for a shining light

O Tannenbaum!

Jedes Jahr gibt es wieder den gleichen großen Streit zwischen Traditionalisten und Futuristen: Darf man oder darf man nicht am Tannenbaum elektrische Lichter benutzen?! Eine große Kontroverse, auf die ich überhaupt nicht vorbereitet war, als ich nach Deutschland kam. Ich hatte bis zu meinem sechsundzwanzigsten Lebensjahr noch nie echte Kerzen auf einem Tannenbaum gesehen. Ich war schwer beeindruckt und sehr besorgt, als ich es zum ersten Mal erleben durfte.

1986 besuchte ich meinen Freund, einen Filmproduzenten, in seiner luxuriösen Westberliner Wohnung in der Kantstraße. Wir hatten uns zuletzt in New York getroffen, bei einer schicken Silvesterparty in Soho. Mein Freund war sehr groß und sehr schlank und sehr blond und hatte einen sehr trockenen Humor. Er hatte früher als Schauspieler gearbeitet, aber damit aufgehört, weil er immer nur als Nazi gecastet wurde. Als ich ihn kurz vor Mitternacht fragte, wie spät es wohl sei, sagte er mit seinem starken deutschen Akzent: »My watch says quarter after twelve, but it's wrong.«

Seine Charlottenburger Altbauwohnung war festlich dekoriert mit einem riesigen Tannenbaum mit Hunderten silberner Kugeln und voller brennender weißer Kerzen. Ich kriegte sofort Panik, als ich die Kerzenflammen sah. Ich wohnte damals in Manhattan in einem Loft in einer alten,

aus Holz gebauten Fabrik im Meatpacking District, wo unser hypernervöser Feuerdetektor so empfindlich war, dass jedes Mal, wenn das Teewasser kochte, ein hysterischer Piepton (der genauso klang wie Oskar Matzerath in »Die Blechtrommel«) losging. Um das schreckliche Gefiepse zum Verstummen zu bringen, musste ich jedes Mal auf eine wacklige Trittleiter steigen und ausgiebig und leidenschaftlich mit einem Geschirrtuch wedeln wie ein überenthusiastischer Bademeister beim Aufguss in der Sauna. Offenes Feuer machte mir Angst.

Doch ich konnte meine Augen nicht abwenden. Ich war verzaubert von der strahlenden Schönheit und raumgreifenden Präsenz dieser prächtigen Erscheinung. Kompakt, aber stark, biodynamisch, aber voller Glitzer und Glimmer – I felt like I was meeting Mick Jagger! Ich hatte seine Lieder tausend Mal gesungen, und jetzt stand er plötzlich direkt vor mir: O Tannenbaum!

Ich fühlte mich schwach und fing an zu schwitzen. Ich stand vor einem urdeutschen Phänomen, einem komplexen Gesamtkunstwerk aus Planung, Präzision und Ausführung. Nicht nur die punktgenaue Uniformität der Wachskörper, sondern auch die physikalische Widerstandskraft der Kerzenhalter faszinierte mich, wie blieben sie auf den Zweigen aufrecht? Wer wusste, wann es soweit war, die Kerzen zu wechseln? Warum schmolz das Lametta nicht? Wer hatte sich das alles ausgedacht?

Die Deutschen, natürlich! In Anlehnung an den mit Äpfeln geschmückten mittelalterlichen »Paradiesbaum« wurde der Tannenbaum 1847 zum ersten Mal mit gläsernen Ku-

geln dekoriert. Ein armer Glasbläser aus Lauscha, der sich die üblichen teuren Walnüsse, Äpfel und Süßigkeiten als Baumschmuck nicht leisten konnte, kreierte allein mit seiner Thüringer Vorstellungskraft und den Überresten seines Arbeitsmaterials die ersten Christbaumkugeln. Nach seinem Deutschlandbesuch 1880 importierte Frank Winfield Woolworth, immer mit dem Gespür für ein gutes Geschäft, »Christmas Baubles« in die USA. And the rest is history.

Heutzutage ist ein Tannenbaum viel, viel mehr als ein Baum – es ist ein Lifestyle-Choice. Ich habe einmal in Hamburg einen sehr streng wirkenden, minimalistischen Tannenbaum gesehen, mit platinfarbenen Kugeln und grau bemalten Kiefernzapfen – er sah aus wie ein von Jil Sander eingerichtetes Kohlenbergwerk in Mülheim an der Ruhr. Die Beleuchtungspräferenz ist eine soziologische, eigentlich sogar eine politische Frage. Die Trennung zwischen Kerzenmenschen und Lichterkettenleuten ist lebensentscheidender als die durch den Eisernen Vorhang. Elektrische Lichter zeugen von schlechtem Geschmack, haben etwas »Amerikanisches« und »Proletarisches«. Die Nazis lehnten Lichterketten als »Verfälschung« der deutschen Lebensart ab und verboten sie 1939.

In meiner amerikanischen, proletarischen Familie ist nie jemand auf den Gedanken gekommen, dass man überhaupt etwas verfälschen könnte. Seit ich denken kann, hatten wir immer Kilometer von Lichterketten in diversen Schuhschachteln auf unserem Dachboden. Jedes Jahr wieder war die Schnur so verheddert, dass mein Vater zwei Tage vor

dem Schmücken im Wohnzimmer anfangen musste alles zu entwirren. Niemand durfte ihn dabei stören außer mir – seiner persönlichen Bierlieferantin. Jedes Jahr gab es einen heftigen Streit, der irgendetwas mit dem richtigen Halt des Christbaumständers zu tun hatte. Schließlich durfte mein Bruder ins Wohnzimmer und wollte sofort unter den Baum kriechen, um sich am Ständer zu schaffen zu machen. Trotz des Gebrauchs eines Schraubenziehers, eines Hammers und manchmal auch einer Säge fiel der Baum jedes Mal wieder um, denn mein Bruder war handwerklich nicht sehr begabt. Gleichzeitig probierte ich, gemeinsam mit meiner eigentlich immer bekifften Hippie-Schwester und meiner Wodka Tonic trinkenden, beruhigungsmittelabhängigen Mutter, mit einer Nadel Girlanden aus Popcorn und Cranberrys auf einem Faden aufzuziehen – die traditionelle New-England-Deko für den Baum. Leider wurde es nie so, wie wir uns das vorgestellt hatten, und statt putziger Erinnerungen an unsere Pilgerväter gab es Tränen, blutige Finger, laute Beschimpfungen und noch viel mehr Wodka Tonics.

Der Streit über Weihnachtsbäume ist in den letzten Jahren in meiner Heimat immer heftiger geworden. »The Baum formerly known as Christmas Tree«, also der Christbaum, ist in dem Land, das den Multikulturalismus erfunden hat, inzwischen politically incorrect. Es gibt so viele verschiedene Religionen und Bevölkerungsgruppen in den USA, und alle haben ihre eigenen Feste. Kwanzaa for the African-Americans, Ramadan für die Muslime, und Chanukka, das große jüdische Fest. Das hat in den Medien zu

einer bekloppten Diskussion über die Verharmlosung der bösen, alles vereinnahmenden Weihnachtsworte geführt.

Die meisten Amerikaner sagen »Merry Christmas!« und meinen es überhaupt nicht religiös. Es ist mehr oder weniger ein festliches *How-ya-doin'?!* – freundlich, aber es bedeutet nichts. Doch jetzt sollen wir für alle akzeptable Namen benutzen wie *holiday tree* (*Feiertagsbaum*). Das klingt für mich wie die Anweisung in der DDR, statt Weihnachtsengel »Jahresendflügelfigur« zu sagen. Eine Gegenbewegung hat sich ebenfalls schon gebildet: Es gibt seit neuestem eine Gruppe mit dem Namen »Putting the Christ back in Christmas«.

Auch in meiner Bühnenshow versuchte ich, Christus wieder ein bisschen mehr in den Mittelpunkt zu rücken – als eindeutige Antwort auf diese ganzen Diskussionen und als längst überfällige Erfüllung meines Kindheitstraumes: Ich inszeniere mein eigenes Krippenspiel mit mir in der Hauptrolle – the Baby Jesus! Nach dem sehr weihnachtlichen Blockflötenintro sang ich als Jesus Gloria Gaynors Discoklassiker »I Will Survive«, umringt von einer Koloratura singenden Sopranistin, spärlich gekleideten Go-go-Engeln und tanzenden Schafen. Ted Neeley traf Cole Porter und Richard Wagner unter der Weihnachtsspiegelkugel in der Diskothek Bethlehem und tanzte und tanzte und tanzte. Die Lichter strahlten und blitzten und blinkten. Es weihnachtete sehr. Halleluja!

Las Vegas goes Dresden

Am zweiten Advent saß ich an meinem Schreibtisch, eingemauert in einen riesigen Turm aus Weihnachtskarten, die ich an Freunde und Kollegen schicken wollte, aber statt wie ein fröhlicher Weihnachtsengel fühlte ich mich wie früher – als schlechte Schülerin, die eine wichtige Hausaufgabe verpatzt hat. Ich saß am Schreibtisch, genauso selbstquälerisch wie damals, und schrie: »*Fuck it! Fuck this whole fucking fucked-up Christmas motherfucking fuck!*«

An Weihnachten bin ich immer ein bisschen hysterisch.

Als später meine Gemüsehändlerin meine verquollenen Augen sah, fragte sie: »Ach, du armes Kind, bist du traurig, weil du Weihnachten nicht zu Hause bei deiner Mama bist?« Ich habe laut und deutlich »*O Gott, NEIN!*« geantwortet, und sie guckte mich an, als wäre ich eine Schwerverbrecherin.

Ich glaube, keine Deutsche kann verstehen, dass ich seit Jahren versuche, Weihnachten so weit entfernt wie möglich von meiner Familie zu sein. Weihnachten ist sogar der Grund, warum ich dreitausend Meilen weit weg lebe. Ich habe Christmas-centric post-traumatic Stress Disorder, auch bekannt als Mad Christmas Disease oder, auf gut Deutsch, Weihnachtswahnsinn.

Bei uns in Brockton, Massachusetts, war Weihnachten

immer wie ein Hollywood Movie, allerdings war es weniger »It's A Wonderful Life« als vielmehr »Apocalypse Now«. Wutausbrüche und Schlägereien zwischen meinem alkoholisierten Schwager, einem Vietnamveteranen, und meinem zugekoksten Bruder Ralph um den festlich gedeckten Tisch waren immer ein Highlight. Mein Bruder war damals Brocktons männliche Antwort auf Whitney Houston – he gave a whole new meaning to the song »Let It Snow! Let It Snow! Let It Snow!« Meine arme Mutter war immer fertig mit den Nerven. Sie kochte und kochte, and er aß überhaupt nix, und von allem war zuviel da: Truthahn, Tranquilizers und Tränen.

Als mein Vater noch lebte, war alles ganz anders. Mein Vater sah aus wie Santa Claus, konnte jedes Weihnachtslied in allen Sprachen auswendig und begrüßte alle Nachbarn täglich mit einem fröhlichen »HO HO HO!«. He loved Christmas! 1978, nach seinem plötzlichen Tod, war Weihnachten ein emotionales Minenfeld voller Fallen, Tricks und Stolperdraht. Wir probierten, alle Gefühle voreinander zu verstecken, um tapfer weiterzufeiern, aber es funktionierte nie. Wir waren The Osbournes in einer Lars-von-Trier-Inszenierung von »Wer hat Angst vor Virginia Woolf?«.

Es hat Jahre gedauert, bevor ich wenigstens einigermaßen heil durch die Weihnachtszeit kam, und das gelang auch erst with a little help from my friends – im Berliner Friedrichstadtpalast.

Ich war zweimal Gastgeberin der Friedrichstadtpalast-Weihnachtsrevue »Jingle Bells«, die immer ein wahnsinni-

ges Spektakel ist: Las Vegas goes Dresden – mit Orchester, Ballett, gigantischen aufblasbaren Weihnachtsbäumen, dreißigköpfigem Kinderensemble, einem zwölf Meter hohen Frosty the Snowman aus Styropor und der weltberühmten Girlreihe. Das ganze acht Mal in der Woche die ganze Adventszeit hindurch mit jeweils zweitausend ausverkauften Plätzen auf einer Bühne, die so groß ist wie zwei Fußballfelder. Es glitzerte und glimmerte und funkelte und strahlte. Es war kitschig, ein bisschen sentimental und very, very weihnachtlich.

Es war auch unglaublich anstrengend. Ich habe gesungen und gesteppt und musste für einen Hochzeitswalzer, den ich, während ich mit dreißig kräftigen Männern auf einer Drehbühne walzte, lauthals sang, Russisch lernen. Der Palast ist so gigantisch, und die Wege sind so verwirrend lang, dass ich mich in den ersten Probenwochen mehrmals verlaufen habe. Eine fünfminütige Kaffeepause war für mich ein gefährlicher Hindernisparcours. Ich kam mir vor wie Reinhold Messner bei der Besteigung des Mount Everest. Ich schlug vor, die Intendanz solle doch eine Starbucks-Filiale auf halbem Weg zu den Garderoben einrichten, damit man genügend Energie hätte, um hinter der Bühne von einer Seite zur anderen zu kommen.

Für meinen ersten Auftritt flog ich aus fünfundvierzig Metern Höhe auf die Bühne. I am not a big Höhe-Fan. I get schwindlig auf der Rolltreppe im KaDeWe! Aber ich bin jeden Abend als Weihnachtsengel eingeflogen in einem acht Meter breiten Barockkostüm, das schwerer als ich war, in einer sogenannten »Gondel« – einem Stuhl an vier Bän-

dern, mit einem Sicherheitsgurt, der mich an 1983 und meinen ersten und einzigen Flug mit der Aeroflot erinnerte.

In »Jingle Bells« trat ich zwischen Kinderensemble, Eislaufpaar und dem ukrainischen Artisten »Valentin, The Human Slinky« auf. Ich hatte so etwas nie zuvor gemacht. Ich war umringt von osteuropäischen Balletttänzerinnen, und die sind – seien wir ehrlich – eine andere Tierart: talentiert, hoch diszipliniert und oft nicht besonders gut gelaunt. Einmal habe ich ein paar Lebkuchenherzen für meine Kolleginnen mitgebracht, to get us all in the Christmas spirit. Als ich das Gebäck meinen tanzenden Mitarbeiterinnen anbot, erntete ich nur eiskalte Blicke und ein kollektives »NJET!«. Ich hatte vergessen: Showgirls essen nicht.

Showgirls sind einmalig. Sie sind eigentlich Paillettentanga tragende Hochleistungssportlerinnen: acht Shows in der Woche, Beine schwingen, kicken ohne Ende und dabei immer lächeln, immer hübsch aussehen – mit dem Körpergewicht eines Kolibris. Ein Leben ohne Lebkuchen? Ich könnte das nicht.

Doch in »Jingle Bells« war ich mittendrin in the Girlreihe für das große Finale. Ich stand neben diesen unendlichen Beinen und war plötzlich wieder zurück in Amerika, im Sequoia National Park in California zwischen den gigantischen, wunderschönen, monumentalen Bäumen, die bis in den Himmel wachsen, und ich fühlte mich wie ein vergessener, freundlicher Gartenzwerg.

Gleich am ersten Probentag war mein Ego geschrumpft. Als ich das erste Mal mit den Girls probte, kam ich mir vor

wie ein massiver Marshmallow, wie ein wippendes Walross, aber die Girls in der Girlreihe sind Vollprofis. Die Mädels rechts und links von mir haben ihre Arme hinter meinem Rücken gekreuzt und mir zugeflüstert: »*Komm, wir machen es einfach*« – und wir haben es gemacht. Für einen kurzen, süßen Moment war ich ein Showgirl mit Lebkuchenerlaubnis.

Kurz vor unserer Premiere riet mir der Regisseur: »Nimm es nicht persönlich, wenn die Leute einschlafen.« Ab und zu verwandelte sich unser Publikum in eine Nickerchen-Zentrale – trotz aller bombastischen Darbietungen – denn die Weihnachtsrevue im Friedrichstadtpalast ist ein beliebtes Ziel für Seniorenausflüge. Ahnungslose, nette Opas aus Auerbach wurden um fünf Uhr morgens von ihren Frauen in Busse gestopft und nach Berlin geschleppt, für Weihnachtsshopping, Weihnachtsmärkte und Weihnachtsshow. Nach Gänsekeule und Glühwein kamen sie zu unserer Nachmittagsvorstellung und nickten in den bequemen Plüschsesseln im wohligwarmen Zuschauerraum reihenweise ein. Am Ende waren sie natürlich alle wieder wach und klatschten sehr freundlich und begeistert, als zum Abschied vor der Bühne ein riesiges Transparent mit den Worten »AUF WIEDERSEHEN!« darauf entrollt wurde. Als mein Freund Michael Mittermeier die Show besuchte, sagte er zu mir: »Das ist ja optimistisch.«

Kurz vor Ende meiner Palast-Spielzeit war auch ich am Ende. Ich schrieb in letzter Minute einen melodramatischen Weihnachtsgruß an meine Schwester:

HELP! The bells are bimmeling, und ich drehe durch! *Ich bin gefangen* in einem Weihnachtswunderland, *and I am losing all sense of Realität.* Seit ich im Friedrichstadtpalast auftrete, verwandle ich mich in einen Entertainment-Roboter: schlafen, spielen, schlafen, spielen, schlafen, spielen – ich fühle mich wie Ute Lemper in »Und täglich grüßt das Murmeltier«.

Ich rolle morgens aus meinem Bett und lande in einer überdimensionalen Showwelt. Eine Welt voller Pailletten, unendlicher Showtreppen, unendlicher Beine und mit einem vierzig Meter hohen Christmas tree. Zweitausend Leute im Publikum warten jeden Abend auf Weihnachten pur hoch zwei! Licht an! Achtung, Vorhang! Das Orchester bitte! Und … »JINGLE BELLS, JINGLE BELLS, JINGLE ALL THE WAY!«

Das Theater macht alles ganz einfach für mich, denn ich muss nichts selbst tun. Hinter der Bühne gibt es Leute, die mich wach halten und rechtzeitig auf die Bühne schieben. Inspizienten, Maskenbildner, Dresserinnen – sie sind ein eingespieltes Team und haben die Präzision einer Fußballnationalmannschaft. Zack! Extra starken Kaffee in die Hand. Zack! Korsage an. Zack! Falsche Wimpern angeklebt. Zack! Mikrophon in der Perücke versteckt. Zack, zack, zack – los, los, los! *It's the Tour de France* im Fummel und garantiert ohne Doping.

Das Problem ist, dass ich ohne diesen ganzen Aufwand nicht mehr funktionieren kann. Ich brauche mittlerweile eine freundliche Inspizientenstimme, die morgens zu mir sagt: »Gayle Tufts! Gayle Tufts zum Frühstück, bitte!«

Beim Weihnachtsshopping warte ich darauf, dass mir ein kompetenter, starker Techniker meine Einkaufstüten abnimmt. Als ich die Treppen zur U-Bahn hinunterging, erwartete ich mindestens zwölf gutaussehende Tänzer, die mich präsentieren und stilvoll die Treppe hinunterbegleiten. Ich warte jeden Tag auf den Moment, wenn alle gestressten Passanten Unter den Linden – die verlorenen Touristen, die abgespannten Shopper – einander in die Arme nehmen und anfangen, einen russischen Hochzeitswalzer zu tanzen: »Tichaja grust kotoruju wy preschdy ne snali …« Genau wie in unserer Show.

Doch bald ist die Weihnachtszeit vorbei – und damit auch die Weihnachtsrevue. Ich werde ins wahre Leben zurückkehren müssen. It's back to real life – schrecklich! Ich werde meinen eigenen Kaffee kochen und meinen eigenen Einkauf schleppen müssen. Und deshalb genieße ich jetzt alles mehr denn je, bevor der graue, kalte, unendliche Berliner Januar anfängt: die Lichter, die Showwelt und den letzten Tanz Unter den Linden. Merry Christmas!

Love, Gayle

Gayles ultimative Christmas Top Ten: To do

Wie die Entscheidung für die sieben neuen Weltwunder oder Germany's Next Topmodel ist auch die Auswahl der Top-Weihnachts-Kulturerlebnisse völlig subjektiv, immer voreingenommen und überhaupt nicht leicht. Über Geschmack lässt sich nicht streiten. Hier meine ganz persönlichen Best-of-Festlichkeiten-Tipps:

1. Dresden

Seit 1434 das Weihnachtszentrum des Universums! Von der strahlenden, wunderschönen wiedererbauten Frauenkirche bis zur opulenten Semperoper, vom Zwinger bis zum Grünen Gewölbe – Dresden ist ein Traum. 2005 versammelten sich insgesamt zweieinhalb Millionen Besucher aus der ganzen Welt auf dem Striezelmarkt zum kollektiven Glühweinbechern unter der riesigen Erzgebirgspyramide, neben der Frank Schöbel »Weihnachten in Familie« sang, während hinter ihm ein etwas deprimiert wirkendes Kamel stand. Ich war auch dabei – mit hunderttausend Japanerinnen und mindestens doppelt so vielen Glühweinständen. Vergiss die Elbe, in der Weihnachtszeit schwimmt ganz Dresden kichernd auf dem River Glühwein. Ich war in Dresden, um für

die dortige Aids-Hilfe auf einer Gala im Deutschen Hygiene-Museum aufzutreten, und glaubt mir – nichts bringt einen mehr in Adventsstimmung als ein Besuch im Deutschen Hygiene-Museum! Es gibt dort eine sieben Meter große, durchsichtige Plastikfrau mit blitzenden Innereien, leuchtenden Eierstöcken und einer riesigen Gebärmutter – gleich neben achtzehn verschiedenen und wirklich beeindruckenden, naturgetreuen Abbildungen, die zeigen, wie man auf ebenso vielen verschiedenen schmerzvollen Wegen ein Kind in die Welt setzen kann. Ich dachte, wenn die Heilige Maria damals das Deutsche Hygiene-Museum besucht hätte, gäbe es für uns heute überhaupt keinen Grund, Weihnachten zu feiern. Doch nach einem leckeren Stück Stollen und einem Glühwein sieht alles viel besser aus, und das beleuchtete Dresden bei Nacht ist ein wahres Weihnachtswunderland.

www.dresden.de

2. Nürnberger Christkindlesmarkt

Ich musste sofort nach Nürnberg fahren, als ich vom Motto des weltberühmten Weihnachtsmarktes erfuhr: »Hier ist das Christkind zu Hause!« Ich war schockiert, als ich das Christkindl an seinem Wohnort leibhaftig erblickte – ein fränkisches Mädel, das aussah wie die vergessene Tochter von Shakira und Louis XIV. Ich hatte nicht gewusst, dass in der Reformationszeit Martin Luther die Rolle des Christkindes umdefiniert hatte – weniger Baby Jesus und mehr ein

Verkündigungsengel-Maria-Mix – und dass seit 1969 alle zwei Jahre nach dieser Vorstellung eine Nürnberger Christkindwahl stattfindet. Mädchen zwischen sechzehn und neunzehn Jahren und mindestens einen Meter sechzig groß sind zum Casting zugelassen, wenn sie »schwindelfrei und mit einer gewissen Wetterfestigkeit« ausgestattet sind. Wer gewinnt, darf einen Monat lang auf dem charmanten mittelalterlichen Marktplatz residieren, Kinder und Senioren begeistern und jede Menge »Zwetschgenmännle«, Glücksfiguren, die aus getrockneten Zwetschgen und Walnüssen zusammengesteckt werden, verschenken. Nach zwei Jahren Dienst in Nürnberg fährt die Christkind-Darstellerin nach Amerika, wo sie den Schwestermarkt »Christkindlmarket Chicago« eröffnet, gemeinsam mit »The Milwaukee Donauschwaben Youth Dance Group« und den A-cappella-Sängerinnen »Nuremberg Plum People«. Alles Open Air bei durchschnittlich minus dreiundzwanzig Grad.

www.christkindlesmarkt.de

3. »Radio City Music Hall Christmas Spectacular«

Seit fünfundsiebzig Jahren die »NUMBER ONE LIVE SHOW IN AMERICA«! Fünfundzwanzigtausend Lichter, eine Eislaufbahn, Wasserfontänen, fallender Schnee im Zuschauerraum, das »Living Nativity«-Krippenspiel mit echten Pferden, Kühen, Schafen und Eseln und der legendären Girlreihe, die sich seit 1932 in die Herzen von Millionen

von Besuchern der Konzerthalle gesteppt hat – THE ROCKETTES. John D. Rockefeller junior baute die Radio City Music Hall als Geschenk an alle New Yorker Ende 1929 nach dem Börsencrash. Das »Christmas Spectacular« war ursprünglich eine Minishow als Weihnachtsbonbon zwischen zwei Kinofilmen wie »King Kong« oder »Leoparden küsst man nicht«. Erst 1979 wurde die Show zum Hauptakt und ist seitdem Kassenmagnet, Publikumsliebling und amerikanisches Weihnachtsmarkenzeichen zugleich. Die Radio City gilt als »Showplace of the Nation« und ist ein Meisterwerk des amerikanischen Modernist design mit dem größten Theaterinnenraum der Welt. In der Weihnachtszeit wird sieben Tage in der Woche gespielt, vier Shows täglich, sogar fünf an den Wochenenden, also dreißig Shows in der Woche. That's entertainment!

www.radiocity.com

4. »Der Nussknacker«

Peter Iljitsch Tschaikowskijs letztes Bühnenwerk und größtes Weihnachtsgeschenk an alle Kinder und Erwachsene dieser Welt. Ich sah es zum ersten Mal mit sechs, aufgeführt vom Boston Ballet und war hin und weg, lange bevor ich die zauberhafte literarische Vorlage, die Geschichte vom »Nussknacker und Mausekönig« von E. T. A. Hoffmann, kannte. Das Zusammenspiel von Tanz und Musik war so leicht und zauberhaft wie der Tanz der Zuckerfee, und das tapfere Mädchen Clara, der Zauberer Drosselmeyer und der

Nussknacker selbst wurden meine Helden. Egal welche Inszenierung man sieht – die des New York City Ballet von George Balanchine, des Hamburger Balletts von John Neumeier, des Bolschoi-Theaters, des English National Ballet oder »The Hard Nut«, eine Neuinterpretation der Mark Morris Dance Group, es ist immer entzückend, und die ersten Takte von Tschaikowskijs Melodie bringen jedes eisige Herz zum Schmelzen.

www.nutcrackerballet.net

5. »Messiah Sing-Along«

Ich bin mir ziemlich sicher, dass Georg Friedrich Händel, als er 1742 dieses Meisterwerk des Barocks schrieb, nicht ahnte, dass es eines Tages in den USA zu einer Art Massenkaraoke verwendet werden würde. Irgendwann während des Vietnamkrieges lud Barry Hemphill, musikalischer Leiter des Metropolitan Chorus in Washington, D. C., Amateursänger dazu ein, das »Messias HMV 56 Oratorium« in der Adventszeit gemeinsam zu singen. Er tut das seit fast vierzig Jahren immer wieder, und diese Aufführung ist mittlerweile ein Höhepunkt der Saison des Kennedy Center for the Performing Arts: Dreitausend kostenlose Tickets für das Mitmach-Konzert sind in Sekunden vergriffen. In New York geht es kommerzieller zu. Doch obwohl die Tickets fünfzig Dollar kosten, ist der »Messiah Sing-Along« in der Avery Fisher Hall mit siebzehn Dirigenten, renommierten Solisten und dem »National Chorale«

immer sofort ausverkauft. Überall in den USA, in Kirchen und Kapellen, in Universitäten und Grundschulen, in Coffeehouses und Konzerthallen, kommen Menschen zusammen, erleben die musikalische Kraft und Vollkommenheit von Händels Stück und kriegen kollektive Gänsehaut während des Halleluja-Chorus. Power to the People!

www.kennedy-center.org
www.nationalchorale.org

6. Gospel Christmas

In Deutschland gibt es mittlerweile Dutzende schwarzamerikanische Gospelgruppen (The Golden Gospel Pearls, The Golden Gospel Singers, The Harlem Gospel Singers, The Black Gospel Singers, Chicago Gospel Spirit, Glory Gospel Singers, The Original USA Gospel Singers und viele mehr), die kreuz und quer durch alle Bundesländer touren und ihren tiefen Glauben durch den Groove im Geiste Gottes verbreiten. Es gibt am Anfang jedes Konzertes oft Probleme mit dem zurückhaltenden deutschen Wesen, der Ehrfurcht vor der Kirche und der schüchternen, extrem weißen Art, immer den falschen Takt zu klatschen. Doch der hervorragende Gesang, die fabelhaften Musiker, Soul und Spirit überschreiten alle Grenzen. Ein spirituelles Ereignis und eine rockende Alternative zum durchschnittlichen evangelischen Gottesdienst. Halleluja!

www.gospelszene.de
www.germanticketoffice.com

7. London

Ja, es ist sauteuer und rappelvoll und *extremely* hektisch, aber es hat etwas. Die Hauptstadt ist *very British* at Christmastime, voller Pomp und Circumstance, Gin und Tonics, und außerdem sind dort die leckeren Prinzen William und Harry. Es gibt so viel zu erleben: Musicals, Museums, Shopping bei Harvey Nichols, Shopping bei Liberty, Sushi und Shopping bei Harrods, Santa Claus und Shopping bei Selfridges oder in einem der anderen phantastischen Edelkaufhäuser, die es nur in London gibt. Außerdem: die Christmas lights an der Regent Street, High Tea im Savoy Hotel, der Tannenbaum am Trafalgar Square, ein Gebet in der Westminster Abbey und ein bisschen Last-Minute-Shopping bei Boots, dem englischen Schlecker on Picadilly Circus, um den perfekten Inhalt für die Strümpfe am Kamin zu ergattern. Das alles macht aus einem EasyJet-Billigflug ein unvergessliches Abenteuer.

www.londonnet.co.uk

8. Tannenbaum selbst fällen

Ich liebe Tannenbäume! Für mich haben sie etwas Romantisches. Früher habe ich immer gemeinsam mit meinem Vater unseren Weihnachtsbaum ausgewählt, ein jährlicher Vater-Tochter-Ausflug im leise rieselnden Neuschnee zum festlich beleuchteten Parkplatz neben der Maple Alleys Cocktail Lounge, jedes Jahr, bis 1976. Mit sechzehn ver-

liebte ich mich zum ersten Mal bis über die fellmützenverpackten Ohren in Kevin Flynn. Er saß ganz hinten in unserem Klassenzimmer, hatte lange Haare und spielte Gitarre. Als Zeichen seiner Liebe klaute Kevin mir einen Weihnachtsbaum und stellte ihn vor unsere Haustür, was für mich schöner war als alle Blumensträuße im ganzen Universum zusammen. Seit ich mit meinem Bremer Mann in einem großen Berliner Altbau mit schönen hohen Decken lebe, unterstützt er mein jährliches Tannenfieber und wuchtet das prächtigste Exemplar, das es unter der Autobahnbrücke am Innsbrucker Platz gibt, bis in die vierte Etage. Ich sage: »Es riecht so schön!«, und er sagt: »Hol doch schon mal das ABC-Pflaster!« Es gibt aber noch eine Steigerung dieses romantischen Liebesrituals: Wir schlagen unseren Weihnachtsbaum selbst! In der Revierförsterei Gorin des Forstamtes Pankow (und in vielen anderen Forstämtern bundesweit) kann man seine Tanne selbst fällen und gleichzeitig etwas für den Naturschutz leisten. Die Schönower Heide zum Beispiel ist ein für den Natur- und Artenschutz sehr wichtiges Gebiet. Die zukünftigen Weihnachtsbäume müssen hier deswegen behutsam aus dem Wald geholt werden – indem man seinen Baum selbst schlägt, leistet man also einen aktiven Beitrag zum heimischen Naturschutz and a little Etwas für die Liebe.

9. Non-Christian Christmas

Es gibt Leute, die Weihnachten einfach hassen. Für sie ist alles zu viel – der schwer erträgliche Druck, gerade an Weihnachten eine perfekt funktionierende Familie/Beziehung/Karriere, ein volles Konto, eine ausgeglichene Seele und einen tollen Körper zu haben. Für sie ist das Fest der Liebe die kapitalistische Konsumorgie schlechthin, untermalt von penetranter, schlechter Musik und Kitsch ohne Ende. Ich empfehle solchen Leuten, ein nicht-christliches Christmas zu zelebrieren. Fahr nach Thailand oder Osaka, Marokko oder Tel Aviv! Es gibt eine große weite Welt zu entdecken, die Weihnachten nicht feiert, und selbst wenn eine Reise zu teuer ist, kann man klasse Alternativen finden. Zusammen mit einem irischen Bühnenbildner habe ich einmal Heiligabend in einem türkischen, vegetarischen Restaurant in Kreuzberg gefeiert. Es war ruhig und unkompliziert und schön. Nicht nur in Berlin gibt es buddhistische Tempel, Synagogen und jede Menge Moscheen. Es gibt auch die eigene Wohnung, wo man sich zurückziehen und es sich ohne schlechtes Gewissen gemütlich machen und eine Atempause genießen kann. Frohes Fest.

www.expedia.de
www.buddhismus.de

10. Give yourself

Das beste Gegenmittel für den Christmastime-Blues ist es, über den eigenen Schatten zu springen und etwas für

andere zu tun. Es gibt unzählige Hilfsorganisationen und Wohlfahrtsverbände, die (nicht nur an Weihnachten) freiwillige Hilfe brauchen. Aids-Hilfe oder Suppenküche, Kinderklinikum oder Seniorentreff sind für ein zusätzliches Paar Hände dankbar. Ich selbst habe in New York Aids-Patienten Mahlzeiten gebracht oder einfach ihre Hand gehalten. In Berlin habe ich mit vielen anderen Helfern gespendete Lebensmittel an Bedürftige ausgegeben. Orte in der Nachbarschaft sind einfach im Internet oder im Telefonbuch zu finden. Genauso gibt es ältere Nachbarn, kranke Kollegen oder die Haustiere verreister Freunde, die ein wenig Aufmerksamkeit und nette Gesellschaft bestimmt zu schätzen wissen. Was ist mit Babysitten, Hausputz, Nähen oder Bügeln, Autoreparaturen, Computerhilfe oder Vorlesen – für andere? Wir können nicht die Welt vollkommen verändern, aber wir können zusammen durchkommen. All you need is love.

www.berliner-tafel.de
www.verein-tagesklinik.de
www.aidshilfe.de

Essen!

In jeder meiner Bühnenshows spreche ich direkt mit meinem Publikum. Ich mache immer eine kleine audience participation section, einen Mitmachteil. Das ist eine alte Showbiz-Tradition des Vaudevilles, der amerikanischen Theatertradition vom Beginn des 20. Jahrhunderts. So gibt es Raum für Spontaneität und Improvisation, und das kann oftmals viel Spaß machen. Dennoch war ich nicht vorbereitet auf das Schlachtengetümmel, das bei meiner Show ausbrach, als ich meine Zuschauer nach dem Weihnachtsessen ihrer Kindheit fragte.

Eine Frau aus Wilmersdorf erzählte von Karpfen. »KARPFEN?!« schrie ihr ihre Sitznachbarin empört entgegen, »KARPFEN GIBT'S BEI MIR NUR ZU SILVESTER!« Als ein Münchner sein Rezept für Gans mit Biersauce beschrieb, rief sie lauthals: »IGITT!«, und als ein Cottbusser stolz von seinen Blinis mit Kaviar berichtete, brüllte sie: »BIST DU SCHWUL?!?« Ich fragte sie, was sie kochen werde, worauf sie antwortete: »Ich koche nicht, ich bestelle beim Chinesen.« Buhrufe, Krawall, Aufruhr.

Als ich meine Sänger und Tänzer auf der Bühne befragte, wurde es noch komplizierter. Marysol, meine sexy spanische Zweitsopranistin, erzählte von der traditionellen Weihnachts-Überraschungs-Paella ihres Vaters, was das

Publikum sehr entzückte, obwohl ich mich immer noch frage: Was ist die Überraschung dabei? Kleine Shrimps mit Weihnachtsmützen? Antonio Banderas springt aus der Paella und singt »Feliz Navidad«?

Danny, mein bildhübscher, singender Choreograph, ist ein rustikaler Bursche aus Boulder, Colorado. Bei seinem Rocky-Mountain-Christmas-Dinner gab es immer baked ham with pineapple glaze, Schweinebraten in Ananas-Kruste, was ich entsetzlich fand, weil ich aus Massachusetts, dem Heimatstaat der Kennedys, bin, wo wir sehr traditionell sind und nur Truthahn mit stuffing, also Füllung, und Süßkartoffeln und Rosenkohl und cranberry sauce und pumpkin pie essen! Immer wenn ich Danny von meinem Weihnachtsmenü erzählte, rollte er die Augen und rümpfte die Nase wie ein dreijähriges Kind, das seinen Brokkoli nicht aufessen will.

Dion, mein Tenor, ist ein afroamerikanischer Pastorensohn aus Washington, D. C. Er ist hinreißend, kugelförmig und sehr diplomatisch. Ich wusste, dass Dions Mutter eine richtige Südstaaten-Society-Lady und eine begabte Köchin war. Ich hatte mehrmals von ihren festlichen, fancy Dinnerpartys gehört und fragte nach ihrem Weihnachtsmenü. »Turkey!!«, rief Dion, aber bevor ich ein siegreiches *YES!* schreien und eine La-Ola-Welle im Publikum in Gang bringen konnte, sprach er weiter: »Und ham!« Ich traute meinen Ohren nicht: »Und Karpfen und Gans und Blinis mit Kaviar und stuffing und Süßkartoffeln und Rosenkohl und cranberry sauce und pumpkin pie – und Paella!« Ich fragte Dion, wie viele Gäste bei einem solchen Essen seien, und

er sagte: »Mein Vater, meine Mutter, mein Bruder und ich. Wir sind zu viert.« God bless America.

Der größte Applaus kam aber, als Christiane, meine blonde Sopranistin aus Kleinmachnow, die Zauberworte »WÜRSTCHEN MIT KARTOFFELSALAT« aussprach. Die Leute jubelten, strampelten, hatten Tränen in den Augen. Ich verliebte mich schon wieder in Deutschland: ein Land, in dem Hotdogs Standing Ovations bekommen.

Essen hat natürlich viel mit Kindheitserinnerungen zu tun, und jede Familie hat ihre eigenen Traditionen. Darum gibt es ebenso viele Emotionen wie Rituale: was man isst, mit wem man isst, wann man isst und so weiter und so fort. In den Augen meiner Zuschauer sah ich für einen kurzen Moment deren ganze Jugend im Schnelldurchlauf vorbeiziehen – Omas Apfelmus, gestohlene Schokoriegel, unvergessene Kohlrouladen. Es war wie ein Auftritt von The Waltons bei Alfredissimo im Miniformat.

Ich war absolut verloren, als ich erstmals an Heiligabend in Berlin zum Essen eingeladen war. Ich flog am 24. Dezember 1987 aus New York ein, um rechtzeitig für die Proben zu einem Tanztheaterstück da zu sein. Ich stand gejetlagged, aufgeregt und mutterseelenallein am Flughafen Tegel und bekam Angst, weil alles so unheimlich ruhig und menschenleer war. Schon dachte ich, während meines siebenstündigen Fluges sei plötzlich der Kalte Krieg eskaliert und Ronald Reagan hätte eine Neutronenbombe losgeschickt (durch die die Leute sterben, aber die Gebäude

bleiben) als kleinen Weihnachtsgruß an Moskau. Berlin war eine Geisterstadt – wo waren die Menschen?

Viele von ihnen waren bei einer Dinnerparty in Kreuzberg bei Gisela, der Geschäftsführerin der Tanztheaterkompanie. Gisela war eine enthusiastische, doch etwas streng wirkende Frau, die einen asymmetrischen Henna-Haarschnitt und mehrere türkisfarbene Seidentücher um den Hals geschlungen trug. Sie hatte einen Tisch opulent gedeckt, und ich war begeistert vom Kerzenschein und den Porzellantellern ihrer Großmutter. Ich setzte mich übermüdet, aber dankbar an den Tisch, bis Gisela mich informierte, dass es eine Sitzordnung mit Platzkarten gab. Außerdem war es nach der wohlüberlegten Planung des Abends noch nicht Zeit, sich zu setzen.

Das war kein Essen, das war ein Konzept. Schon ein Glas Sekt zu trinken war incredibly kompliziert: erst gemeinsam mit den anderen trinken. Auf keinen Fall vorher!! In die Augen schauen! NICHT ÜBERKREUZEN! Ich saß Heiligabend am Tisch mit zwölf fremden Menschen und war erschöpft, bevor ich meinen ersten Schluck bekam.

Gisela war schon vor den Vorspeisen fertig mit den Nerven und fing an zu kiffen. Sie war seit Oktober von dem Gesamtkunstwerk dieses Abends besessen, davon Listen zusammenzustellen und sich Einkaufsstrategien auszudenken. Es war noch die dunkle Zeite des Ladenschlusses. In der Kälte stand die arme Frau am Heiligabend um sieben Uhr morgens vor dem KaDeWe und wartete auf Seeteufel und Litschis. Trotz all ihrer Mühe gab es zwei oder drei Gäste, die nicht essen wollten oder konnten, was sie ge-

kocht hatte. »*Oh, nein, ich esse keine Milchprodukte.*« – »*Oooh – sorry, ich kann nicht, ich habe eine Weizenallergie.*« – »*Habe ich das nicht erzählt? Ich esse zurzeit nur Rohkost.*« Gisela aber war extrem gut vorbereitet und hielt für jeden eine kreative Alternative bereit. Es gab Tofutruthahn, Grünkernbratlinge und zum Nachtisch Dinkelzimtsterne von ihrer Tante Ingeborg aus Buxtehude. Ganz spät abends, auch ich hatte mittlerweile angefangen zu kiffen, begann ich von den Sternen zu naschen, aber sie kauten sich wie Kondome, and it freaked me out! Ich versuchte, den zimtigen Gummiklumpen in meinem Mund unauffällig in einen Papierkorb zu spucken, doch Gisela entdeckte mich und schrie fast heulend: »Das gehört in die Biotonne!«

Seitdem bin ich von Zimtsternen fasziniert. Wir Amerikaner sind sowieso von traditionellem deutschem Weihnachtsgebäck begeistert. Natürlich haben auch wir Christmas cookies, aber die sind kinderleicht zu machen und überhaupt nicht so virtuos wie ihre europäischen Vorväter. Die deutschen Namen allein sind schon verführerisch: Weckmänner, Pfeffernüsse, Spritzgebäck. Von Aachener Printen bis zu Nürnberger Lebkuchen, wir bewundern diese Backwaren und bestellen sie jedes Jahr tonnenweise. Aber seit 9/11 ist der Import von Lebensmitteln in die USA leider sehr kompliziert geworden, denn George W. Bush hat Dresdner Stollen zu Biowaffen erklärt. Der Puderzucker auf den Stollen sah zu sehr aus wie Anthrax oder zerbröselter Plastiksprengstoff, weswegen nun jede kleine Dresdner Familienbäckerei ein dreizehn-

seitiges Formular für jeden einzelnen Stollen aus dem Internet downloaden und sorgfältig ausfüllen muss – auf Englisch. Das Wort Rosinenbomber kriegt eine ganz neue Bedeutung.

2006 gab es sogar den Krieg der Zimtsterne! Wissenschaftler entdeckten eine Art Killer-Zimtstern in Deutschland, der einen bösartigen Aromastoff namens Cumarin beinhaltete, der in Laborversuchen Krebs und Leberschäden bei Ratten verursachte. Es wurde empfohlen, nur sechzehn Stück pro Woche zu essen – was ich für Ratten ziemlich viel fand. Zimt ist ein Wundermittel, das die Senkung des Blutzuckerspiegels bewirken kann und so die weitere Vernaschung von Unmengen von Vanillekipferln und Marzipankartoffeln ermöglicht. Das entspricht der Logik meines Lieblings-Christmas-Cocktails, the Cape Codder; einer Mischung aus Wodka und cranberry juice, bei der der Wodka die Leber zerstört, während der cranberry juice sie gleichzeitig wieder heilt – praktisch!

Ich habe meine ersten Zimtsterne dieses Jahr Ende August bei Schlecker auf Rügen gegessen. Die Kassiererin schüttelte den Kopf und sagte lächelnd: »Die eingeschmolzenen Osterhasen kommen nächste Woche als Nikoläuse zurück.« Weihnachten fängt immer früher an.

Am Abend der Sommersonnenwende, Mitte Juni, saß ich in einem Strandkorb auf Sylt, auf der Sonnenterrasse eines Restaurants namens »Oase«. Ich wollte den langen, wunderschönen Sonnenuntergang und ein Stück Backfisch genießen. »Heute nicht!«, entgegnete die flotte Kellnerin,

»halbe Ente!« Ich war perplex – sollte das etwa ein nördlicher Trinkspruch wie »Skøl« oder ein Seemannsgruß wie »Ahoi« sein? »Heute gibt's nur halbe Ente – mit Rotkohl und Klößen! Sie werden es nicht bereuen!« Tatsächlich war die »Oase« rappelvoll mit glücklichen, mampfenden Seniorinnen, die vor sich riesige Vogelhälften und volleyballgroße Klöße auf dem Teller liegen hatten – bei achtundzwanzig Grad. Ein glückliches Schwesternpaar prostete mir zu und sagte: »Einhundertsechsundachtzig Tage bis Weihnachten!« In ihren Augen sah ich Sterne.

Das Holiday Songbook

The Christmas Song

Chestnuts roasting on an open fire,
Jack Frost nipping at your nose,
Yuletide carols being sung by a choir,
And folks dressed up like Eskimos.

Everybody knows a turkey and some mistletoe
Help to make the season bright,
Tiny tots with their eyes all aglow
Will find it hard to sleep tonight.

They know that Santa's on his way,
He's loaded lots of toys and goodies on his sleigh,
And every mother's child is gonna spy
To see if reindeer really know how to fly.

And so I'm offering this simple phrase
To kids from one to ninety-two
Although it's been said many times, many ways:
Merry Christmas to you!
Merry Christmas to you!

Gayles ultimative Christmas Rezepte

Das echte New-England-Christmas-Dinner

Dieses Gericht ist ein weihnachtlicher Gruß aus meiner Heimat und eine wunderbare Erinnerung an meine Kindheit. Ganz einfach, ganz lecker, und selbst die Vorbereitung ist ein Vergnügen. Ich verkleide mich immer als Doris Day – mit Petticoat, Perlen und festlicher Schürze. Dazu höre ich gern, wie Nat King Cole in »Chestnuts roasting on an open fire …« übers Kastanienrösten am Kamin singt.

Roast turkey – Truthahn aus dem Ofen

Bestell bei dem Biofleischer deines Vertrauens einen Freiland-Truthahn, ungefähr zwölf Pfund für sechs Personen.

Die weiteren Zutaten: Butter, Salz und Pfeffer und Weißwein zum Begießen.

Der Backofen wird auf 175 Grad vorgeheizt. Den Backrost in die zweite Schiene von unten einschieben.

Bei einem frischen Truthahn rechnet man 15 Minuten Backzeit pro Pfund (zwölf Pfund = 180 Minuten), dazu kommen noch mal 15 Minuten extra, also insgesamt 195 Minuten.

Bei einem vorher gefrorenen Truthahn rechnet man 20 Minuten Backzeit für jedes Pfund. In diesem Fall wären das bei zwölf Pfund 240 Minuten. Dazu kommen 20 Minuten extra, also insgesamt 260 Minuten.

Nach all diesen Berechnungen trinkt man erst einmal ein Glas von dem Weißwein.

Den Vogel zuerst von den Innereien befreien. (Man kann sie prima weiterverwenden – zum Beispiel die Leber braten und zusammen mit Frühlingszwiebeln, hartgekochten Eiern und etwas Mayonnaise verrühren und als Paté auf Crackern servieren.) Den Vogel innen und außen mit einem Stoff- oder festem Papiertuch trocken tupfen. Großzügig stuffing (siehe unten) reinquetschen und die Öffnung mit einem Stück Vollkornbrot verschließen.

Die Flügel sowie die Beine mit etwas Bindfaden zusammenbinden, damit sie anliegen und der Truthahn nicht auseinanderfällt .

Den Vogel komplett mit weicher Butter, Salz und frischem Pfeffer einschmieren. Truthahn in eine große Pfanne mit hohem Rand oder eine feuerfeste Schüssel geben. Den oberen Teil des Truthahns mit Alufolie abdecken, damit er nicht zu schnell braun wird.

Die Pfanne in den Backofen schieben, alle 45 Minuten die Alufolie anheben und den Vogel mit dem Bratensaft aus der Pfanne und etwas Wein übergießen. Das ist sehr, sehr wichtig, da sonst das Truthahnfleisch sehr schnell trocken wird. 60 Minuten vor Schluss die Folie ganz abnehmen. Um festzustellen, ob der Vogel wirklich durch ist, kann man

ein wenig an den Flügeln ziehen – lassen sie sich einfach lösen, ist alles perfekt.

Nach Ende der Backzeit den Vogel mindestens 20 Minuten ruhen lassen, bevor man ihn anschneidet. Aus dem Bratensatz lässt sich eine hervorragende Soße erstellen – zum Beispiel mit den gebratenen giblets (Geflügelinnereien).

Simple stuffing – Füllung

Es gibt Tausende von Variationen für die Truthahnfüllung, jede Familie hat ihr eigenes Rezept, und diese werden von Generation zu Generation weitergegeben wie die geheime Formel für Coca-Cola. Fast alles kann Bestandteil einer Truthahnfüllung sein: Austern, Kastanien oder Jalepeños. Ich mag es eher klassisch:

Getrocknete, zwei Tage alte Brötchen in grobe Würfel schneiden. Eine mittelgroße Gemüsezwiebel und einen großen Apfel (Boskop oder Royal Gala) kleinschneiden, Schnittlauch, Petersilie und eine Handvoll Walnüsse kleinhacken. Alles miteinander vermischen und ein wenig warmes Wasser oder Geflügelfond dazutun. Gut mit Salz und viel frisch gemahlenem schwarzem Pfeffer abschmecken. Die Füllmenge hängt von der Größe des Truthahns ab. Wenn ein wenig Masse fehlt, einfach noch etwas Apfel und Brot dazumischen.

Cranberry sauce

Die nordamerikanische Superbeere ist ein kleines Gesundheitswunder voller Kalium, Natrium und Vitamin C. Die »großfrüchtigen Moosbeeren« – so die deutsche Übersetzung für Cranberrys – sind ein natürliches Antibiotikum, reduzieren die Bildung von Zahnbelag und schützen gegen Harnwegsinfektionen. Schon die amerikanischen Ureinwohner kannten ihre heilende Wirkung und benutzten sie zur Desinfektion und zur Beschleunigung des Heilungsprozesses von Wunden. Cranberry sauce hält sich gekühlt einige Tage, luftdicht verschlossen sogar bis zu einem ganzen Jahr.

Man braucht:
340 Gramm Cranberrys
(frische Früchte – und bitte keine Preiselbeeren!)
200 Gramm Zucker
¼ Liter Wasser

Das Wasser in einem Topf zum Kochen bringen, die Cranberrys und den Zucker hineintun und für drei Minuten kochen. Immer wieder umrühren. Nicht wundern, die Beeren platzen in der Hitze, und das sollen sie auch. Den Topf vom Herd nehmen und die Sauce in eine Schüssel geben. Ab in den Kühlschrank, fertig!

Pumpkin pie – Kürbistorte

Die typische amerikanische Pumpkin-pie-für-Dummies-Variante wird mit Fertigteig (»Readymade piecrust«) und Fertigfüllung (»Libby's canned pumpkin mix«) gemacht. Vor allem das Kürbispüree selbst herzustellen ist sehr aufwendig. Man braucht einen mittelgroßen Kürbis, eine Axt, einen extragroßen Mülleimer und Verbandszeug, um aus drei bis vier Kilo Kürbis 350 Gramm Püree herzustellen. Fertigpüree schmeckt wirklich nicht schlecht! Hier ist trotzdem ein Rezept für Fortgeschrittene:

Für den Mürbeteig:
250 Gramm Mehl
½ Teelöffel Backpulver
75 Gramm Zucker
Ein kleines Ei
125 Gramm Butter

Für die Füllung:
350 Gramm Kürbispüree
(selbstgemacht aus gekochtem Kürbis)
150 Gramm brauner Zucker
Je ½ Teelöffel Ingwer und Muskatnuss
Ein Teelöffel Zimt
Eine Prise gemahlene Nelken
Zwei Esslöffel Rübenkraut (Zuckerrübensirup)
Drei Eier, verquirlt
Ein Becher Sahne, 200 bis 250 Milliliter

Zutaten für den Mürbeteig verkneten und kalt stellen, dann eine eingefettete und eingemehlte – damit sich der Teig später einfacher von der Form löst – Springform (26 bis 28 Zentimeter) damit auskleiden, am Rand ungefähr drei Zentimeter hoch.

Die restlichen Zutaten verrühren und in die Teigform gießen. Etwa 45 Minuten bei 180 Grad backen.

Heidruns Heiligabend-Kartoffelsalat

Die Bremer Alternative meiner Schwiegermutter, Heidrun Gajewski. Würstchen dazu und los!

Man braucht:
Zwei Eigelb
⅛ bis ¼ Liter Salatöl
Eine Prise Salz
Einen Esslöffel Senf
Etwas Zitronensaft
Einen Becher Schmand
Ein Kilo Kartoffeln, festkochend
Eine mittelgroße Zwiebel
Heißes Wasser

Besonders wichtig ist es, sich für die Zubereitung der Mayonnaise viel Zeit zu lassen.

Alle Zutaten sollten Zimmertemperatur haben.

Die Kartoffeln mit Schale kochen. Das Wasser abgießen und die Kartoffeln mit kaltem Wasser abspülen, dann pellen und in dünne Scheiben schneiden.

Zwei Eier aufschlagen und das Eigelb vom Eiweiß trennen. Das Eigelb mit einem Schneebesen schaumig schlagen. (Keinen elektrischen Mixer verwenden, das macht wirklich einen Unterschied.) Wenn das Eigelb schaumig wird, das Salatöl tröpfchenweise unterrühren und ständig weiter schlagen. Die Menge des Salatöls richtet sich nach der gewünschten Konsistenz, also je nach Vorliebe. Am Ende das Ei-Öl-Gemisch mit Salz, Zitronensaft und dem glatt gerührten Schmand abschmecken.

In einer Schüssel die Kartoffelscheiben mit der Mayonnaise und der kleingeschnittenen Zwiebel vermischen. Einige Stunden bei Zimmertemperatur stehenlassen. Im Kühlschrank kann sich das Aroma nicht gut entfalten.

Kurz vor dem Servieren mit etwas kochendem Wasser übergießen und noch einmal umrühren.

Guten Appetit!

Hoffnung

Ich war hungrig und schlecht gelaunt: Denn wer eine Weihnachtsshow macht, kriegt eben selbst kein Weihnachten. Während die Zuschauer festlich feierten, musste ich arbeiten. Es war überlebensnotwendig, auf die Gesundheit aufzupassen, diszipliniert und fokussiert zu bleiben. Doch es fiel mir unglaublich schwer, mich zu konzentrieren, während sechshundert fröhliche Menschen gerade dabei waren, einen köstlichen Gänsebraten mit Kastanien und Rotkohl zu genießen. Sechshundert Menschen, denen vor lauter Vorfreude auf das hausgemachte Dessert – Zimteis mit heißen Pflaumen und Palatschinken – schon das Wasser im Mund zusammenlief. Alles direkt vor meiner Nase, während ich »Stille Nacht, heilige Nacht« trällerte.

Die Adventswochen sind die Fastenzeit der Unterhaltungsbranche – wer abends auf der Bühne tanzt und singt, kann mittags keinen Festtagsbraten und Rotwein genießen. Es ist eine nüchterne Abmachung: Man darf nicht feiern, aber bekommt ein gutes Einkommen zum Jahresende, man kann nicht essen, wird aber dafür auch nicht dicker – obwohl Kollegen, Freunde, Fans und Familien unsere Umkleidekabine in eine Art bestens ausgestattete Süßigkeitenabteilung verwandelten. Alle wollten uns unsere weihnachtslose Weihnacht versüßen und schenkten uns Unmengen von Plätz-

chen, Stollen, Muffins und eine ganze Armee von Schokoladen-Santas. Ich hatte kurzzeitig überlegt, die Schokoladenberge an einen Kindergarten weiterzugeben, dann aber Angst bekommen, dadurch die Zähne einer ganzen Generation zu zerstören.

Trotz Christmas-Kur waren wir nach langer Probenzeit, Premierenstress und einer Adventszeit voller Vorstellungen alle etwas kaputt. An Heiligabend gab es zwar keine Aufführung, doch dafür hatten wir Doppelshows an beiden Weihnachtsfeiertagen, und ich war heilfroh, am 24. früh in mein Flanellnachthemd zu schlüpfen und ins Bett zu gehen. Santa musste dieses Jahr seine Arbeit ohne einen Snack von mir erledigen.

Ich schlummerte hungrig, doch auch ein bisschen traurig vor mich hin, denn ich verpasste zum ersten Mal das legendäre Heiligabendessen von Matthias. In den letzten acht Jahren waren Lutz und ich an Heiligabend immer bei Matthias zu Hause, wo er unseren Freundeskreis bekochte und verwöhnte, mit erlesenen Weinen und exquisitem Essen, und wo er in seiner kultivierten, intelligenten Aachener Art the true spirit of Christmas verbreitete. Unser Freundeskreis war eine liebevolle, aber nicht unkomplizierte Gruppe, geschüttelt von Familientraumata, Arbeitsstress oder Krankheiten. Manchmal tauchte jemand auf, den wir überhaupt nicht kannten, aber er war der Freund eines Freundes oder ein Weihnachtswaisenkind, also war er gern gesehen. Bei Matthias waren wir alle willkommen, ohne Erwartungen, Drama oder Schuldgefühle, und konnten das Zusammensein mit unserer selbstgewählten Verwandtschaft genießen

und unsere Jakobsmuscheln in Calvados-Kresse-Rahm in Frieden essen.

Mein allererstes Heiligabendessen bei Matthias werde ich nie vergessen: Er wohnte damals in einer schicken Dachwohnung in Kreuzberg, die den Charme eines Pariser Ateliers auf dem Montmartre besaß – vor allem wegen der endlosen Treppen in den fünften Stock. Ich kam festlich gekleidet, aber sehr verschwitzt, etwas verspätet und außer Puste an. Mein Atem blieb mir endgültig weg, als ich den strahlenden Wintergarten sah: Alles war stilvoll in Weiß dekoriert, mit Hunderten von Kerzen, Kristallgläsern, dezent verstreutem Konfetti aus silbernen Sternen. Gekrönt von einem berauschenden Blick über die Dächer von Berlin, die gerade sanft bedeckt wurden vom ersten rieselnden Schnee. Alles war friedlich und wundervoll und erfüllt mit himmlischer Ruh.

Es war genau das, wonach ich so lange – vergeblich – gesucht hatte. Die Ruhe, die ich als Kind erlebte, wenn ich mich an Heiligabend – während alle anderen friedvoll schliefen – aus meinem Zimmer, die Treppe hinunter, in unser Wohnzimmer schlich. Und tatsächlich, dort war alles, wovon ich geträumt hatte, sogar noch schöner als erhofft: der duftende und strahlende Tannenbaum, das Fahrrad, das mein Bruder sich so sehr wünschte, ein großer Knochen mit einer roten Schleife für meinen Hund und jede Menge bunt eingepackter Geschenke. Santa war gekommen, und niemand außer mir wusste es! Ich war die Hüterin eines wichtigen Geheimnisses – wie die Heiligen Drei Könige oder eine

Laudatorin bei der Oscar-Verleihung! Ich war wirklich glücklich und wusste, dass etwas Großartiges passieren würde, ich wusste nicht genau, was, aber ich war voller Hoffnung.

Für mich ist Hoffnung, what Christmas is all about, und es ist der Grund, warum ich meine Show »White Christmas« genannt habe. Weiß ist the color of hope – es ist die Farbe der Hoffnung. Winter, Schnee und Eis sind weiß, Brautkleider, Friedenstauben und Eisbären auch. Weiß ist die Farbe der Bänder auf himmelblauen Tiffany's-Päckchen, die Farbe des Kerzenlichts und der Kreidefelsen, der festlich dekorierten Wintergärten in Berlin. Es ist ein Moment der Stille, wenn wir dieses kindliche Wunder, das Glück und die Freude dieses Augenblicks wieder fühlen können.

Deswegen liebe ich das Lied »White Christmas« so sehr. Als der russische, jüdische Komponist Irving Berlin sein weltberühmtes Lied 1932 in Los Angeles für seine Tochter schrieb, war er ganz weit weg von seiner Heimat im Exil in einer fremden Welt, aber er verlor nie die Kraft, an ein Wunder zu glauben. Er hatte die Hoffnung nicht aufgegeben.

Als ich erschöpft in mein Bett krabbelte, hatte ich glitzernden Bühnenschnee auf meinem Kopfkissen und Berlins wundervollen Song in meinem Ohr, ein weihnachtliches Schlaflied voller Liebe und Harmonie und hope.

Das Holiday Songbook

White Christmas

The sun is shining, the grass is green,
The orange and palm trees sway,
There's never been such a day in Beverly Hills L. A.,
But it's December the twenty-fourth
And I'm longing to be up north.

I'm dreaming of a white Christmas
Just like the ones I used to know
Where the treetops glisten
And children listen
To hear sleigh bells in the snow.

I'm dreaming of a white Christmas
With every Christmas card I write,
May your days be merry and bright
And may all your Christmases be white.

Zweiter Weihnachtsfeiertag

I don't know how you Deutsche do it! Die ganze Adventszeit – eine pausenlose Orgie der Familie und der Fröhlichkeit, und das einen ganzen Monat lang! Das ist kein Feiertag, das ist eine Telenovela. Ich weiß, dass das Timing etwas mit der Kirche zu tun hat, aber seit unser Priester Father McCormick meinem damaligen Boyfriend Kevin, der gerade Ministrant geworden war, bei einer »spirituellen Erlebnisreise« nach Puerto Rico zu einem unfreiwilligen Comingout verhalf, bin ich nicht mehr katholisch, und der Kirchenkalender ist nichts, nach dem ich mein Leben ausrichte.

Im multikulturellen Amerika gibt es viele dieser Feiertage überhaupt nicht, und deren deutsche Namen klingen sehr seltsam für meine ausländischen Ohren. Pfingsten und Fronleichnam hören sich an wie Geschlechtskrankheiten, Mariä Empfängnis und Christi Himmelfahrt wie strippende Nonnen in Vegas.

Der einzige Feiertag, den ich verstehe, ist der zweite Weihnachtsfeiertag.

I love that Tag! Wir haben keinen zweiten Weihnachtsfeiertag in Amerika. Wir haben keine Zeit dafür: Christmas – ein Tag, Punkt. Der 26. Dezember ist bei uns wieder ein Arbeitstag, das heißt, eigentlich ist er ein Gruselfilm: »The Day After« – der Tag danach! Hunderttausende von

verkaterten, zombieesken Amerikanern, die aussehen wie uneheliche Kinder von Frosty the Snowman und Marilyn Manson, müssen sich tapfer durch Wind und Wetter zur Arbeit schleppen, während in Deutschland ein ganzes Volk gemütlich auf dem Sofa liegt und keine größere Sorge hat als: Soll ich mich jetzt umdrehen oder später?

Ein Land wie das in dem »Last Christmas«-Video von Wham! – kuschelig bis zum Abwinken! Niemand im Rest der Welt würde so eine Stimmung in Germany erwarten. Deutschland, das Land der Dichter und Denker, das Land von Pünktlichkeit und Ordnung! Aber am zweiten Weihnachtsfeiertag liegt hier eine ganze Nation auf der Couch – in einem kollektiven Koma – und schaut Sissi-Filme. Fabelhaft!

Es ist fast so schlampig wie in Amerika zu Thanksgiving. Unsere Festtagsvariante findet am letzten Donnerstag im November statt und ist eine Mischung aus Erntedankfest und »Abenteuer Wissenschaft«. Wir erinnern uns an the Pilgrims, unsere blassen britischen Pilgerväter, und die Native Americans who helped them, durch die ersten harten Winter zu kommen, indem sie ihnen beibrachten, wie man Getreide in der Neuen Welt anbaut, bevor die Pilgerväter sie niedermetzelten.

Das Thanksgivingprinzip ist einfach: Man isst so viel wie möglich, before lying down on the sofa, und schaut den ganzen langen Tag Football-Endspiele und alte Katharine-Hepburn-Filme an – traumhaft! Zwischendurch steht man ab und zu auf, um wieder etwas zu essen. Es ist ein kulinarisches Woodstock! Diese somnambule Haltung hat viel

mit Putenfleisch zu tun, der Thanksgivinghauptspeise. Ein Thanksgiving turkey enthält wahnsinnig viel Tryptophan, eine Aminosäure, die in Serotonin umgewandelt wird, eine Art natürliches Beruhigungsmittel. It's Pilger-Prozac!

Doch ist Putenfleisch nicht zu vergleichen mit der noch viel mächtigeren stimmungsaufhellenden Wirkung des mitteleuropäischen Antidepressivums: dem Sissi-Film. Wir kennen die Sissi-Filme in Amerika überhaupt nicht, doch spätestens, als ich »Schicksalsjahre einer Kaiserin« sah, wurde ich süchtig. Die Kostüme! Die Farben! Romy Schneider! Leider gab es nur drei Filme, aber ich war augenblicklich abhängig und brauchte schnell mehr Historienfilm-Crack. Ich fühlte mich wie ein Junkie im Frankfurter Hauptbahnhof: *Hat jemand etwas? Irgendetwas? »Die ungekrönte Kaiserin«? »Ludwig II.«? »Anastasia«? »Doktor Schiwago«? Meinetwegen »Krieg und Frieden«?*

Ich brauchte einen Fix! Nichts konnte meinen Seelenhunger so stillen wie dieser adlige Glanz und langsame Fünfziger-Jahre-Blick auf ein Österreich im Zeitlupentempo, wo ich in eine immer heile Welt abtauchen durfte, irgendwo zwischen Schloss Schönbrunn und Bad Ischl, zwischen Venedig und Korfu, wo selbst lungenkranke Prinzessinnen immer blendend aussahen. Ich wollte eintauchen in dieses blaublütige Beruhigungsmittel und nie wieder clean sein. Einmal bin ich sogar nach Wien zum Sissi-Museum gefahren, wo man in kleinen Gruppen voller aufgedrehter Japanerinnen und Homosexueller aus der

ganzen Welt Sissis Wespentaille, Sissis Schlafzimmer und Sissis Klo bewundern konnte. Alle haben geweint, einige sind sogar in Ohnmacht gefallen.

Ich dachte, dass ich vielleicht eine Selbsthilfegruppe namens »Sissis Anonymous« gründen sollte. Wir könnten uns immer am zweiten Weihnachtsfeiertag treffen – bei mir auf der Couch.

Müsste ich nicht, während alle anderen Weihnachten feiern, selbst auf der Bühne stehen, wäre ich bestimmt eine Hardcore-zweite-Weihnachtsfeiertag-Christmas-Couch-Kartoffel geworden. Ich hätte über die Feiertage alles, was ich bräuchte, in Reichweite parat: eine flauschige Decke mit Rentier-Muster, einen riesengroßen Fernseher und die beinahe schon an meiner Hand festgewachsene Fernbedienung. Denn ich weiß, was mich glücklich macht: dösen, Zimtsternreste essen und einmal durch ein Programm zappen, in dem es alte Columbo-Folgen, Volksmusiksendungen und Katastrophenfilme gibt – von »Flammendes Inferno« bis »Die Höllenfahrt der Poseidon«.

Ich bin immer wieder überrascht über die Vielfalt ausgestrahlter Katastrophen. Seit ich in Deutschland lebe, ist Weihnachten ohne brennende Wolkenkratzer oder sinkende Schiffe einfach kein Weihnachten mehr. Ich frage mich, ob sich die Senderchefs von ProSieben oder RTL gemeinsam mit einem Team von Familientherapeuten diese Strategie ausgedacht haben, die Zuschauer mit einem Haufen von Schicksalsschlägen zu überschütten und so den eigenen Familienterror zu relativieren. *»Ach, hat Papa schon wieder kurz vor der Bescherung seine Frau verprü-*

gelt? Es könnte schlimmer sein, wir können in einem brennenden, sinkenden Schiff neben einem weißen Hai inmitten einer Flutwelle treiben! Jetzt halt die Klappe – ›Alligator II‹ fängt an!«

Der Ausklang der Adventszeit liegt irgendwo zwischen einstürzenden Bauten und Schloss Neuschwanstein. Ich träume davon: Von Kopf bis Fuß bedeckt von einem feinen Schnee aus Zimtsternkrümeln, liege ich auf meinem Sofa und genieße den letzten, kostbaren Nachklang meines Sissi-Rausches – einfach köstlich.

Gayles ultimative Christmas Top Ten: Filme

1. »It's A Wonderful Life«
(»Ist das Leben nicht schön«), 1946

Der wunderschönste Weihnachtsfilm aller Zeiten! Alle Amerikaner gucken »It's a Wonderful Life« jedes Jahr wieder – we are crazy about it. Es ist unser Festtagspendant zum deutschen Silvesterritual »Dinner For One«: Alle haben es neunhundert Mal gesehen, aber man guckt es immer wieder gern.

James Stewart spielt George Bailey, einen arbeitslosen Familienvater auf Hartz IV mit vielen Schulden und Sorgen. Er will an Heiligabend von einer Brücke springen, um sich umzubringen, doch er wird gerade noch rechtzeitig von einem Engel in Ausbildung gerettet, der ihm dank der Magie des Kinos zeigt, wie das Leben ohne ihn verlaufen würde, dass unser aller Schicksal miteinander verbunden ist, dass Freunde und Familie das Wertvollste sind, was wir haben, und dass das Leben, tatsächlich, wonderful ist. Himmlisch!

2. »The Bishop's Wife«
(»Jede Frau braucht einen Engel«), 1947

Ich habe diesen wunderbaren Film bei einer »Hundert Jahre Billy Wilder«-Retrospektive in seiner Heimatstadt

Wien, mitten im Sommerurlaub, entdeckt, als ich vor der Hitze in ein kleines Kino in einer Seitenstraße flüchtete und unerwartet die letzte noch in Europa existierende Originalfilmkopie (mit tschechischen Untertiteln) sah. Billy Wilder schrieb (ohne im Abspann genannt zu werden) das Drehbuch über einen Engel (Cary Grant), der vom Himmel auf die Erde geschickt wird, um einen Pfarrer (David Niven) zu retten, der angefangen hat, an seiner Arbeit zu zweifeln. Doch Cary kümmert sich fast nur um die Pfarrersfrau (Loretta Young), die so wieder Freude am Leben findet und auch ihrem Mann zeigen kann, was wirklich wichtig ist. Wilder erinnert uns an die Macht der Vergebung, wenn er Niven am Ende des Films in seiner langen – vom Engel verfassten – Weihnachtsrede sagen lässt: »Reicht euren Feinden die Hand.« Ein unglaubliches Plädoyer für Liebe, Respekt und Versöhnung, geschrieben von einem Mann, der nur ein paar Jahre vorher seine Mutter, seinen Stiefvater und seine Großmutter in Auschwitz verloren hatte. Ein Erfolg war auch die Neuverfilmung von 1996 unter dem Titel »The Preacher's Wife« (»Rendezvous mit einem Engel«) mit einer afroamerikanischen Besetzung: Whitney Houston, noch in der Zeit vor ihrer Crack-Abhängigkeit, als Pfarrersfrau und der immer himmlische Denzel Washington als Engel.

3. »White Christmas«
(»Weiße Weihnachten«), 1954

Ein aufwendiger, sentimentaler und patriotischer Revuefilm vom »Casablanca«-Regisseur, der eine Aneinanderreihung vieler Gesangs- und Tanznummern bietet, extra geschrieben für Bing Crosby, den Entertainer Danny Kaye und die Jazz-Sängerin Rosemary Clooney (die Tante von George), der aber nicht, wie der Titel nahelegt, das Filmdebüt der weltberühmten Irving-Berlin-Weihnachtsmelodie ist – das gab es schon in »Holiday Inn« (auf Deutsch: »Musik, Musik«), einem aufwendigen, sentimentalen, patriotischen Revuefilm mit Bing Crosby, Fred Astaire und Marjorie Reynolds, dessen Song »White Christmas« 1942 den Oscar für das beste Lied bekam.

»Holiday Inn« war leider bald vergessen, der Song jedoch so erfolgreich – er ist bis heute das meistverkaufte Weihnachtslied aller Zeiten –, dass Paramount Studios sich 1954 entschloss, ein Remake des Films zu drehen – dieses Mal mit »White Christmas« als Titel und Titelmelodie.

4. »Rudolph, The Red-Nosed Reindeer«, 1964

Ein Stop-Motion-Trickfilm aus den sechziger Jahren, der ein bisschen so aussieht wie eine Sandmännchen-Folge in Spielfilmlänge, über das von amerikanischen Kindern über alles geliebte Rentier mit der leuchtend roten Nase, das Santa Claus' Schlitten sicher durch die dunkle Weihnachts-

nacht bringt. Der Film basiert auf Johnny Marks' gleichnamigem Weihnachtslied von 1949, das wiederum auf dem beliebten Robert-L.-May-Gedicht von 1939 basiert. Obwohl die Geschichte erst einmal harmlos klingt, musste ich mich beim Angucken jedes Mal zwischen meinen Geschwistern auf dem Sofa verstecken, weil ich von den singenden Puppen (besonders vom erschreckenden Monster-Yeti namens Bumble) Alpträume bekam. Jedes Jahr wieder verursachten meine vollgepinkelten Pyjamas der ganzen Familie Festtagsstress.

5. »A Charlie Brown Christmas«
(»Peanuts: Fröhliche Weihnachten«), 1965

Ein weihnachtliches Muss für jedes amerikanische Kind und jeden, der sich eine kindliche Seele erhalten hat! Die Erstausstrahlung dieses Zeichentrickwunders von Snoopy-Erfinder Charles Schulz ist bis heute legendär und hat Fernsehgeschichte geschrieben: Es war der erste Zeichentrickfilm zur Hauptsendezeit, der ohne eingespielte Lacher auskam und untermalt war mit einem hippen Jazz-Soundtrack vom Vince Guaraldi Trio. Als die Verantwortlichen des Senders CBS den Film sahen, wollten sie ihn erst nicht senden, da er ihnen »zu erwachsen« war, als dass er Kindern gefallen könnte, und »zu kindisch« für Erwachsene. Über vierzig Jahre später ist er jedes Jahr wieder ein Publikumserfolg: ein Aufschrei gegen die Kommerzialisierung von Weihnachten

und ein Hohelied auf Freundschaft, Liebe und the Power of Bewunderung.

6. »How The Grinch Stole Christmas!«
(»Die gestohlenen Weihnachtsgeschenke«), 1966

Pop-Art traf auf innovatives, amerikanisches Sechziger-Jahre-Fernsehen, als der Bugs-Bunny-Zeichner Chuck Jones das Kinderbuch von Theodor Seuss Geisel (Dr. Seuss) von 1957 als sechsundzwanzigminütiges Zeichentrick-Happening verfilmte. Der Grinch, eine gemeine Kreatur mit grünem Fell, wird von Frankenstein-Darsteller Boris Karloff gesprochen. Aufgrund schlechter Erfahrungen in der Kindheit mag der Grinch Weihnachten nicht. Deswegen stiehlt er, als Weihnachtsmann verkleidet, die Geschenke der Bewohner des Nachbarortes Whoville. Es geht um Anarchie und Versöhnung in den dunklen Zeiten des Vietnamkrieges – und all das begleitet von den unvergesslichen Liedern des in Berlin geborenen Komponisten Albert Hague.

7. »Der Himmel über Berlin«, 1987

Wim Wenders als Weihnachtsmann? Kaum zu glauben, aber seine romantische Tragikomödie hat alles, was ein Weihnachtsfilm braucht: Zauber und Hoffnung, Poesie und jede Menge Engel – Otto Sander und Bruno Ganz als

Schutzengel in langen schwarzen Wintermänteln mitten im dunklen, winterlichen, depressiven Schwarzweiß-Berlin. Herrlich! A Christmas movie für Leute who don't like Christmas movies, und ein modernes, urbanes Wintermärchen – garantiert kitschfrei.

8. »The Muppets Christmas Carol« (»Die Muppets-Weihnachtsgeschichte«), 1992

Fast alle Verfilmungen von Charles Dickens' sozialkritischer Erzählung von 1843 sind großartig – von der *very British* Variante »Scrooge« (»Charles Dickens – Eine Weihnachtsgeschichte«, 1951) mit Alastair Sim bis zu »Scrooged« (»Die Geister, die ich rief«, 1988) mit Bill Murray. Aber die Krönung ist dieses mit Muppets besetzte Meisterwerk, in dem Kermit der Frosch als unser Held, als Buchhalter Bob Crachit, auftritt und Miss Piggy als seine gutherzigen Frau. Menschliche Unterstützung gibt es von dem einzigartigen Michael Caine als bösem viktorianischem Geizhals Ebenezer Scrooge.

9. »Babe« (»Ein Schweinchen namens Babe«), 1995

Mein Lieblingsfilm schlechthin und absolut passend zum Fest: Die Geschichte eines tapferen Ferkels, das ein »Schä-

ferschwein« werden und so die Schlachtbank vermeiden will. Eine aufbauende Lektion über Respekt für andere Lebewesen und sich selbst – you'll never look at Braten the same way again.

10. »Love Actually« (»Tatsächlich … Liebe«), 2003

Die Wiedergeburt des klassischen Weihnachtsfilms! Eine geniale *Romantic Comedy* in der Tradition von Frank Capra und Billy Wilder und das Regiedebüt von Richard Curtis, des Drehbuchautors von »Vier Hochzeiten und ein Todesfall« und »Notting Hill«. Die Besetzungsliste ist ein Best-of-British-Cinema: Emma Thompson, Bill Nighy, Rowan Atkinson, Keira Knightley und der immer *charming* Hugh Grant. Mehrere ineinandergreifende Storylines handeln von … love, actually. Garniert mit Gastauftritten der Exildeutschen Heike Makatsch und Claudia Schiffer.

Guten Rutsch!

Am zweiten Weihnachtsfeiertag gaben wir unsere Dernière – die letzte Vorstellung von »White Christmas«. Dernièren sind immer bittersüß, wie ein letzter Urlaubstag auf dem Campingplatz: Man ist traurig, dass es vorbei ist, aber doch froh, nach Hause zu fahren. Hinter der Bühne waren bereits alle mit dem Kopf irgendwo anders. Sarah, unsere Garderobiere, fing schon in der Pause an, die ersten Kostüme einzupacken, die Requisiten zusammenzusammeln und den Schokoladenberg zu verteilen. Die Weihnachtszeit, unsere Spielzeit und das Jahr würden bald zu Ende sein.

Ich weiß nicht, wie, wo oder warum ich dachte, dass es eine gute Idee wäre, direkt im Anschluss an diesen Spielmarathon eine »Zwischen den Jahren«-Show im TIPI inklusive Silvestergala zu geben. Ich glaube, ich war übermüdet oder besoffen oder plötzlich vom Geist von Judy Garland besessen – mein gesundes Urteilsvermögen war jedenfalls außer Betrieb. Eine Silvestergala nach einer Weihnachtsshow zu machen ist wie eine Flugzeugführerscheinprüfung am Tag nach der eigenen Hochzeit. Du musst wach, konzentriert und aufmerksam bleiben, während die anderen Champagner schlürfen, mit den Kellnern flirten und bis mindestens sechs Uhr morgens laut lachen. Ich bekam schon wieder einen gigantischen Kloß im Hals. »Keine

Sorge«, sagte Sarah, »du wirst auch deinen Spaß haben!« Denn Spaß ist, what Silvester is all about.

Als ich im Dezember 1985 zum ersten Mal nach Deutschland kam, war ich sehr beeindruckt von den Plakaten, die an jeder Ecke im winterlichen West-Berlin klebten. Die Stadt war zugepflastert mit Postern und Flyern für Silvester: Silvesterpartys, Silvesterkonzerte, Silvesterfeuerwerk. Natürlich kannte ich Sylvester, den schwulen, schwarzen, amerikanischen Discosänger mit seinem Megahit »You Make Me Feel Mighty Real«. Wow!, dachte ich, how hip is Germany? Sein Name ist falsch geschrieben, aber immerhin … Ich wusste, Sylvester war ein funky Discostar mit Kultstatus, aber in Deutschland hatte er offensichtlich eine Riesenfangemeinde. Er war ein Superstar! Er spielte überall! Ich hatte keine Ahnung, dass mit Silvester New Year's Eve gemeint war. And that finding the right way to rutsch rein, die wichtigste Aufgabe des Jahres war.

Pfannkuchenessen, Blei gießen, Böller werfen – das alles war neu für mich. In Amerika feierte ich den Jahreswechsel lässiger: mit meiner Familie vor dem Fernseher oder mit Freunden beim Rockkonzert. 1979 war ich nach zuviel Wodka Gimlets in einer Badewanne voller Wintermäntel eingeschlafen und hatte fast Elvis Costellos Mitternachtskonzert verpasst. If somebody had told me damals that I would be spending my New Year's Eve eating donuts und werfing Böller I wouldn't have believed him.

Böller werfen war nie meine Lieblingsbeschäftigung. Ich bin Ex-New-Yorkerin. Ich bin neurotisch. Ich möchte keine unerwarteten Explosionen in meiner Nähe. Ich denke noch

immer, jeder plötzliche Knall müsse entweder von einem Mafia-Auftragsmord oder einer Bombe kommen. Ich habe lange in Kreuzberg gewohnt, wo ich mich wie viele meiner Nachbarn von Heiligabend bis zum 4. Januar in meine Wohnung einsperrte, während sich unser Kiez in »Little Beirut« verwandelte.

Mein Freund Matthias hatte 1994 ein sehr erfolgreiches Jahr und lud mich und ein paar Freunde zu einem Kreuzberger-im-Exil-Silvester ins neueröffnete Hilton Hotel am Gendarmenmarkt ein. Er hatte eine Suite mit atemberaubendem Blick auf den Gendarmenmarkt gemietet. Es gab Berliner satt und Champagner für alle. Wir verbrachten einen zauberhaften Abend miteinander: lachten viel, tranken viel und machten uns viele Gedanken über wichtige Fragen wie, warum alle Deutschen Berliner »Berliner« nennen, außer den Berlinern, die dazu »Pfannkuchen« sagen. Es war mein erstes Mal in einer Hotel-Suite, und ich fühlte mich wie ein Rockstar. Der Champagner schoss schnell in meinen Kopf, ich fing an ganz laut zu singen und dachte an meinen ersten Rockstarauftritt in Deutschland.

Ich hatte vor Jahren im Hamburger Kampnagel, einem großen Fabrikgelände, auf dem besondere Theater-, Tanz- und Performance-Veranstaltungen stattfinden, gespielt, und zwar zu Silvester. Jemand vom Kampnagel hatte mich Anfang Dezember in einer anderen Produktion gesehen und mich spontan gefragt, ob ich für eine Silvestershow einige Lieder zusammenstellen könnte. Ich wusste, dass Otto, unser hübscher, schüchterner, Birkenstock mit Socken tragender Toningenieur aus dem Schwarzwald, auch Klavier

spielte, und fragte ihn, ob er mich begleiten würde. Otto errötete, sagte aber zu, und wir probten unser kleines Programm.

Kurz vor der Vorstellung im Kampnagel wollte ich ein bisschen Atmosphäre schnuppern und sah mich um. Wir spielten auf der »Intimen Kabarettbühne« – in einer ehemaligen Flugzeughalle voller riesiger Tapetentische mit bunten Papiertischdecken, dekoriert mit Hunderten Luftballons, Teekerzen und mehr Nudelsalat, als ich jemals in meinem Leben gesehen hatte. Plötzlich kam der Produzent ganz aufgeregt auf mich zugerannt und fragte, ob ich jetzt sofort anfangen könnte. »Warum nicht?«, antwortete ich gelassen, denn ich hatte keine Ahnung, dass er mich gerade darum gebeten hatte, ein Zwanzig-Minuten-Set um Viertel vor zwölf zu Silvester zu beginnen!

Zu Anfang waren die Leute noch sehr nett und aufmerksam, bis dann einer nach dem anderen, zu zweit oder in kleinen Gruppen, den Raum verließ. »Schneller«, flüsterte ich Otto zu, »wir verlieren unser Publikum!« Beim Rausgehen setzten alle ein höfliches Gesicht auf und waren – trotz ihrer Flucht – ein bisschen peinlich berührt. Manche formten ihre Münder zu einem »Es tut mir leid!« und deuteten auf den Ausgang. Was war los? Hatte ich irgendetwas Dummes gesagt? War mein Deutsch so miserabel? Mochten sie unsere Fassung von »Bei mir bist du schön« nicht?

Sobald wir die ersten Sektkorken knallen hörten und draußen das Feuerwerk losbrach, wussten wir, dass unser Programm vorbei war. Es war Mitternacht! Als Otto und ich unsere Notenblätter zusammenrafften, um die Bühne zu

verlassen, kam ein Clown vorbei, gab jedem von uns einen Plastikbecher Sekt und fragte, ob wir uns unsere Gesichter anmalen lassen wollten. Sofort floh ich – mit der Sektflasche und einem Techniker – in einen festlich dekorierten Strandkorb. Das nächste Mal, als ich Otto sah, war sein Gesicht eine Sonnenblume.

Im TIPI war alles viel angenehmer. Mein Publikum war ein Traum! Die Berliner waren wieder nach Berlin zurückgekehrt und hatten alle Familienfeste überstanden, die Touristen waren befreit und *ready to party!* Alle konnten endlich wieder sie selbst sein: Die Schwulen waren schwul, die Schlampen waren schlampig, und die Liebhaber waren wirklich sehr verliebt. Wir spielten »Soul Sensation!«, ein Konzert aus Soul-Musik-Klassikern – ich und mein zehnköpfiges Soul Sensation Orchestra mit Bläsern und Rhythmusgruppe und Danny, Dion und Michael Dixon als sensationell singenden und tanzenden *Sensations*. Es war eine phantastische Truppe, und wir groovten uns langsam ein für *The Big Night.*

Für viele Performer ist Silvester eine Quälerei. Man tritt auf, aber niemand hört zu. Das Publikum ist viel zu beschäftigt mit anderen, wichtigeren Dingen, um zuzuhören – sie essen, trinken, rauchen, nehmen Drogen und versuchen fieberhaft, jemanden zu finden, den sie um Mitternacht küssen können. Auf der Bühne muss man den großen Jahresend-Countdown runterzählen, und während die anderen wild miteinander rumknutschen, steht man da wie ein Depp oder wird von überenthusiastischen Omas an intimen Stellen begrapscht. Dafür wird man am 31. Dezem-

ber sehr, sehr gut bezahlt und kriegt jede Menge Freisekt, so dass man es immer wieder gern tut. Mein Bassist hatte zu Silvester sogar vier Gigs hintereinander und wollte damit später die Ausbildung seiner Kinder finanzieren.

Kurz vor Mitternacht stand ich allein auf der Bühne und fing an, die letzten Sekunden des Jahres herunterzuzählen. Zehn! Neun! Acht! Sieben! Ich sah die vergangenen Wochen im Schnelldurchlauf vor meinem geistigen Auge, vom Fotostudio bis zum Proberaum, vom Container bis zur Bühne – mein ganzes Ensemble, wie es schwitzte und lachte und durchdrehte! Sechs! Fünf! Krankheiten, Kostümproben, Fernsehaufnahmen! Vier! Drei! Zimtsterne, Glockenklang! Zwei! Eins! Eine riesengroße Konfettikanone schoss plötzlich einen silbernen Regenbogen durch das Zelt, alle schrien: »FROHES NEUES JAHR!«, und der DJ spielte Wiener Walzer.

Ich atmete tief aus und versuchte, das Konfetti aus meinem Dekolleté zu pusten. Ich wartete auf die Ankunft meiner Post-Show-Depression, als Holger, der Theaterleiter, mir ein Glas Champagner brachte und sagte: »Danke für alles.« Genau in diesem Moment kam Danny angerannt, nahm mich bei der Hand und rief: »Schnell! You gotta see this.«

Er lief mit mir durch den Umkleidecontainer nach draußen in den kleinen Hof hinter dem Zelt, der zwischen der improvisierten Küche und dem Pressecontainer lag. In der klirrenden Kälte guckte ich nach oben, hörte einen gewaltigen Knall und sah einhunderttausend glitzernde Sterne in die Berliner Nacht fallen. Das Feuerwerk über dem Bran-

denburger Tor! Wir waren direkt nebenan, umringt von blitzenden und blinkenden Lichtern und gleichzeitig ganz für uns. Eine Privatvorstellung inmitten des Tiergartens.

»Merry Christmas«, sagte Danny.

»Frohes Neues«, sagte ich.

Es weihnachtet wieder

Die Holzscheite knackten laut im brennenden Kamin, der wunderbar schwere Brunello atmete, und ich saß schwer erkältet und total erschöpft auf dem plüschigen Sofa meines Lieblingshotels auf Rügen. Mit einer XXL-Packung Taschentücher und einer Wärmflasche. »Never again!«, wollte ich hinaus in die Welt schreien, aber meine Stimme war weg, und ich war selbst zu müde, um auch nur meine Finger zu heben und ein kleines Zettelchen mit meiner Botschaft zu beschreiben.

Gleich nach Beendigung unseres Spielmarathons war ich nach Binz gefahren, um die heilende Wirkung der Ostseeluft im Kampf gegen die Luftröhrenentzündung, die ich mir durch das rauchende Publikum und die künstlich aufgeheizte Luft im Theaterzelt geholt hatte, zu genießen. Außerdem war mein Ischias am Arsch und meine Füße vom monatelangen in Highheels Tanzen ebenfalls, sie schrien nach Befreiung. Ich blätterte lustlos durch die *Ostsee-Zeitung* und nickte ein.

Herr Huhn, der zuvorkommende und hilfsbereite Barkeeper, kam sehr diskret mit einem Telefonhörer in der Hand zu mir und sprach mich mit seiner beruhigenden Stimme an: »Ein Anruf für Sie, Frau Tufts.«

Wer wusste, dass ich hier war? Ich hatte mein Handy konsequent zu Hause vergessen und konnte sowieso kaum

sprechen. Es war Lutz, nur er kannte meinen Aufenthaltsort und die Telefonnummer. Er war in Berlin geblieben, um die Produktion abzuwickeln. Ich hörte ein verblüfftes Lachen in seiner Stimme, als er sagte: »Ich habe gerade einen Anruf vom Theater bekommen … Die möchten die Weihnachtsshow noch einmal machen – wie wäre es mit dem 21. November für die Wiederaufnahme? Oh, und sie brauchen schnell einen neuen Titel – hast du eine Idee?«

Wow, dachte ich, Weihnachten fängt wirklich immer früher an. Und obwohl ich urlaubsreif und erholungsbedürftig war, war ich gleichzeitig sehr zufrieden mit dem, was ich geschafft hatte, und froh, so einen tollen Job zu haben, wunderbare Kollegen und die Chance, mir meinen Kindheitstraum zu erfüllen – eine Christmas show zu machen.

»Gib mir eine Stunde«, krächzte ich und fragte Herrn Huhn nach einem Faxgerät. Ich schrieb an meinen Arrangeur Thomas und bat ihn um eine Idee für eine *snappy opening number*. Am nächsten Tag bekam ich eine flotte, peppige Liedskizze per Kurier – wir waren wieder unterwegs in ein ganz neues Abenteuer, und es hieß »White Christmas again«.

Das Holiday Songbook

White Christmas Again

Zwölf Monate schon vorbei
Zweiundfünfzig Wochen have flown on by
I can't believe ein Jahr ist um
But here am I
'Cause it's White Christmas again!

Zwanzig Uhr dreißig … ich bin spät!
My special guests are coming to celebrate
Mein' Allerlieblingsjahreszeit
No time to wait
It's White Christmas again!
Again!

The Glocken and the Flocken and the Schnee
Again!
The Partys and the Plätzchen and Paté
Again!
The Stimme deep inside that seems to say it's
    Christmastime again!
Again!

Dreihundertfünfundsechzig Tage, das ging schnell!
Can't you hear 'em ringing those jingling bells
It's time to sing the songs we know so well
'Cause it's White Christmas
It's White Christmas, it's White Christmas again!

Thank you!

Mein größter Dank geht an Lutz Gajewski, der die Show produzierte, das Buch redigierte, der mein Zuhause ist.

An Gunnar Cynybulk, Stefanie Werk und den Gustav Kiepenheuer Verlag – danke für die Zusammenarbeit.

Vielen Dank an alle Sänger/Tänzer, Musiker, Techniker, Designer und Team-Mitglieder von White Christmas und White Christmas Again – I couldn't have done it without you.

Danke auch an Lutz Deisinger, Holger Klotzbach und das TIPI-Team und an Frieder Gerlach für das leckere Essen.

Herzlichen Dank an Cynthia Barcomi, Beni Durrer + Team, Fabian Maerz, Indra Wussow und den Kunst:raum Sylt Quelle, den Friedrichstadtpalast Berlin, Professor Michael Dixon und Matthias Frings.

Über die Autorin

Gayle Tufts liebt Weihnachten, denn »mein Vater sah aus wie Santa Claus, konnte jedes Weihnachtslied in allen Sprachen auswendig und begrüßte alle Nachbarn täglich mit einem fröhlichen HO HO HO!« Geboren 1960 in Boston, Massachusetts, erlebte Gayle Tufts 1985 ihr erstes deutsches Weihnachten in Berlin, wo sie seit 1991 lebt. Heute spielt die Entertainerin landesweit ihre Shows. 2006 erschien »Miss Amerika« im Gustav Kiepenheuer Verlag, auch als Hörbuch lieferbar (DAV 520). Ebenfalls 2006 erschien der Livemitschnitt ihrer Bühnenshow »White Christmas« (DAV 597), auf dem viele der in diesem Buch versammelten Lieder von Gayle gesungen werden, unterstützt von vier Sängern und ihrer Band »The Jingletones«.

Die Songtexte auf den Seiten 51 f., 61 f., 79 f. und 151 stammen von Gayle Tufts ebenso wie die deutsche Übersetzung von »Santa Claus Is Coming To Town« auf Seite 20.

Für die übrigen Songtexte konnten trotz intensiver Recherche nicht alle Rechteinhaber ausfindig gemacht werden. Berechtigte Ansprüche bitten wir an den Verlag zu richten.

Inhalt

Intro: The show must go on 7
Amerikanisches Weihnachten ohne Kitsch 10
Santa Claus kommt in die Stadt 12

*Das Holiday Songbook:
Santa Claus Is Coming To Town 19*

Deko hilft immer 21

*Das Holiday Songbook:
We Need A Little Christmas 27*

Gayles ultimative Christmas Top Ten: Outfits 29
O du fröhliche! 34
Gayles ultimative Christmas Top Ten: Songs 36
Jingle Hell 43

*Das Holiday Songbook:
Kling! Kling! Kling! 51*

Kaufhaus des Wahnsinns 53

*Das Holiday Songbook:
All I want for Christmas, ist alles! 61*

Gayles ultimative Christmas Top Ten:
Kindergeschenke 63
Lichterkette 71

Das Holiday Songbook:
Shining Light 79

O Tannenbaum! 81
Las Vegas goes Dresden 86
Gayles ultimative Christmas Top Ten: To do 93
Essen! 103

Das Holiday Songbook:
The Christmas Song 113

Gayles ultimative Christmas Rezepte 114
Hoffnung 121

Das Holiday Songbook:
White Christmas 127

Zweiter Weihnachtsfeiertag 128
Gayles ultimative Christmas Top Ten: Filme 133
Guten Rutsch! 140
Es weihnachtet wieder 147

Das Holiday Songbook:
White Christmas Again 151

Thank you! 152
Über die Autorin 153

Gayle Tufts
Miss Amerika
Vorwort von Alexander Osang
Illustrationen von Yvonne Pöpperl
251 Seiten. Gebunden
ISBN 978-3-378-01080-2

»Liebenswert, saukomisch und schlau«

S U S A N N E   F R Ö H L I C H

Obwohl Gayle Tufts schon lange hier lebt, begegnen ihr im »Land von Frieden, Freiheit und Frauenfußballweltmeisterinnen« oft wunderliche Dinge – von der unerklärlichen Vorliebe der Deutschen für wetterfeste Kleidung bis zur merkwürdigen Tradition der Spargelzeit, in der schamlos nackte Gemüsephalli verzehrt werden. Mit etwas Wehmut und viel Komik rückt sie der wachsenden Entfremdung von ihrer amerikanischen Heimat zu Leibe. Doch unterm Strich hat sie keinen Grund, unglücklich zu sein, denn sie ist im Besitz der hier wie dort gültigen Glücksformel: Love.

Mehr von Gayle Tufts:
Miss Amerika. Als Taschenbuch: AtV 2392
Als Hörbuch: DAV 978-3-89813-520-7

Mehr Informationen erhalten Sie unter www.gayle-tufts.de,
www.aufbauverlagsgruppe.de oder in Ihrer Buchhandlung

Gayle Tufts
White Christmas
Die große Weihnachtsshow
Live-Mitschnitt
1 CD. 68 min.
ISBN 978-3-89813-597-9

»Turn it up loud und sing mit!«

Die charmanteste und witzigste Einstimmung auf das Fest seit langem! Gayle Tufts führt mit ihrer unnachahmlichen Mischung aus Witz und Entertainment durch ihre persönliche Weihnachtswunderwelt. Sie verbindet Anekdoten über festliche Höhen und Tiefen mit einer zauberhaften Revue amerikanischer Weihnachtslieder.

»You know, Gayle Tufts has a very good Stimme and her band ist auch nicht von schlechten Eltern, very professional, I must say.« SÜDDEUTSCHE ZEITUNG

DER > AUDIO < VERLAG

Mehr Informationen erhalten Sie unter
www.der-audio-verlag.de oder bei Ihrem Buchhändler